KB198029

시 쓰기 딱 좋은 날

시쓰기 딱 좋은 날

정끝별의 1월

ㄴㄴ > < ㄷㄴ

차례

어쩌다 시처럼
그러니까 사랑처럼

어느 날 길고양이가 새끼를 낳으려고 집에 찾아들었다. 그리고 어느 날 입에 새끼를 물고 아무도 찾아내지 못할 곳으로 사라졌다.

가끔 떠오르는 장면이다. 단순하다고도 할 수 있는 이 두 사건에 맺힌 매듭을 풀어내는 일이 내게는 사랑 혹은 시를 찾아가는 일과 다르지 않다. 풀어낸다는 건 분주해지는 것. 길고양이는 집주인을 어떻게 알아봤을까? 만나기 전 그들의 삶은? 만나서는 어떻게 소통했을까? 서로를 어떻게 느꼈을까? 둘이 나눈 마음의 결은? 길고양이는 집주인을 두고 왜 떠났을까? 어디로 갔을까? 다시 돌아올까?……

내게 밀려오는 것들이 벅찰 때, 내게서 떠나가는 것들이 아릴 때, 떠올려보는 장면이기도 하다. 제 소중한 걸 부려놓고는 홀연 거두어 제 습성에 맞는 곳으로 자리바꿈을 한, 나의 너와 너와 너를 풀어내 여기 두서없이 앉혀놓는다. 내게 잠시 머물렀다 이만 총총 사라지는 숱한 나의 너들의 목록이랄까.

어느 날 내 집에 찾아든 뽀또와 장비가 그러했다. 내 집에 머무는 동안 뽀또랑 나는 뽀뽀를, 장비랑 나는 장난을. 뽀뽀하며 장난하며 나는 배웠을 것이다. 기다림 속에서 예측과 기대의 지평선을 지켜보는 지칠 줄 모르는 사냥꾼의 시선을. 경계하면서도 의심 없이 바라보고 그렇게 사랑하라는 것을.

그렇게 너와 너와 너는 나를 먼 곳으로 끌고 가고, 나는 너와 너와 너를 멀리서 끌고 온다. 나를 나이게 하는 오늘의 너는, 내일 떠날 내가 그토록 연연했던 어제의 사랑이었으니, 그래서 빠진 것처럼, 그러나 빠져나는 것처럼.

첫 일기를
쓰는 날

상자를 여는 마음

상자-홀릭, 상자-페티시라는 말이 있을까요? 들어보지는 못했지만 있을 법하고, 있다면 나를 두고 하는 말일 겁니다. 상자를 생각하면 나는 늘, 오랜만에 기름진 중국요리를 먹은 것처럼, 피곤할 때 초콜릿이나 단팥빵을 먹은 것처럼, 아니 몽롱할 때 진한 에스프레소 한잔을 마신 것처럼 아득해지고 쫑긋해지곤 합니다. 상상이라는 단어가 달려오고 비밀이라는 단어가 딸려옵니다. 연달아 놀잇감, 선물, 추억, 잠, 희망이라는 단어들이 꼬리에 꼬리를 물고 옵니다. 원고지나 자판이나 공책처럼, 스크린이나 창이나 문처럼, 달력이나 다이어리의 첫 페이지처럼, 상자는 내 삶과 시간과 사람과 시에 네 모서리를 맞댄 채 자리하고 있습니다. 내가 하는 일이란 그 상자를 채우거나 비우기를 되풀이할 뿐.

어릴 적 상자는 최고의 놀잇감이자 놀잇감들의 집이었습니다. 내가 기억하는 내 첫 상자는 일곱 살쯤에 가졌던, 빨간 내복이 담겼었던, 마분지로 만들어진 넓적하면서도 납작한 종이 상자였습니다. 허술하기 그지없는 상자였지만 그 안에는 색색 구슬이나 공깃돌, 종이 인형과 그 옷들, 색종이와 딱지들, 털실과 쪼가리 천들을 비롯해 어디에선가 떨어져나온 알록달록한 노획물들이 담겨 있었을 겁니다. 상자가 귀했던 시절이었고, 식구가 많은 집 막내였던 내가 상자를 차지하는 일이란, 무엇보다 오롯이 내 것의 상자를 갖는 일이란, '어쩌다가의 떡'만 같았으니 말입니다.

더 많은 상자를 가지고 싶었던 나는 상자를 만들기 시작했습니다. 처음엔 종이접기로 만들었고, 학년이 더해 도형을 배우면서는 도면을 그려서 만들었습니다. 솜씨가 늘어 칸과 서랍과 문이 달린 상자를 만들기도 했습니다. 상자와 상자를 이어붙이고 상자에 상자를 넣고, 상자에 출구와 입구를 내고, 상자에 색을 입히고 붙이는 일은, 날 새는 줄 모르게 날 설레게 했습니다.

상자만 보면 모아두는 건, 그때 익힌 몸의 기억일지도 모릅니다. 나는 너무 많은 상자와 함께 살고 있습니다. 가구들 틈새마다 빈 상자들이 빼꼭합니다. 저 큼지막한 상자는 그릇이 담겼던 상자고, 저 앙증맞은 상자는 귀걸이가 담겼던 상자입니다. 경첩이 달린 저 푹신한 상자에는 시계가 담겼었고, 서랍식의 저 단정한 상자에는 잉크병이 담겼었습니다. 저 검은 상자는 지갑이 담겼던 플라스틱 상자고, 저 물빛 상자는 목욕 용품이 담겼던 종이 상자입니다. 쿠키와 마카롱이 담겼던 스테인리스 상자, 홍삼정이 담겼던 나무 상자도 있습니다. 모두 내력을 가졌고 뭔가가 다시 담기길 기다리는 중입니다.

빈 상자를 바라보는 일은 뿌듯하기도 합니다. 액세서리나 문방구를 담아두고, 편지나 서류를 갈무리하고, 자질구레한 일상용품들을 보관해두는 유용성 덕분일까요? 무엇을 넣고 보관할 수 있는 용기로서의 상자는 나뉘고 닫힘으로써, 섞이고 이웃함으로써 기억되고 생각됩니다. 마치 우리들 관계처럼, 시간처럼, 기억처럼요. 나는 이미, 쌓아놓은 상자들의 꽤 긴 목록을 가지고 있습니다. 불가해한 '나'들이 담긴 그것들은 내 과거의 서랍이고 함匣입니다. 미래의 갑匣이고 궤櫃이고 곽槨입니다. 내 시간의 곳집이자 내 영혼의 곳간입니다. 거기에 담긴, 아니 담길 것을 무어라 부르든, 자신의 깊은 곳에 간직해온 침묵 혹은 소음의 흔적임에 틀림이 없습니다.

상자를 보면 나는 늘 열고 싶고, 닫고 싶습니다. 상자 속 상자가 상자를 빠져나올 때, 상자가 그 무엇을 내뱉고 그 무엇을 담을 때, 한 상자는 또다른 상자를 위해 열리고 또 닫히곤 합니다. 빛과 그늘처럼, 안과 밖처럼요. 세계는 상자에서 상자로의 이사이자 이주입니다. 그러니 우리도 제각각의 상자 안에서 잠시 쉬고, 잠시 울고, 잠시 자는 존재일 뿐.

어린 왕자의 상자에는 꿈꾸는 양이, 판도라의 상자에는 아직도 햇빛을 보지 못한 희망이, 프시케의 상자에는 죽음에 이르는 치명적인 잠이 들어 있었습니다. "한 몸 딱 들어맞게 숨겨줄/그 항아리가 내 어미였다면,/길은 다시 구부러져 내 몸으로 들어오리라/둥근 길/길의 입에 숨을 불어

넣고/내가 길의 어미가 될 것이니,/내 안에 길이 있다/내가 가득 찬 항아리다"(「옹관」). 오래전에 쓴 이 시 속 항아리는, 내 처음 상자이자 끝 상자에게 바쳤던 일종의 헌시였을 것입니다.

상자의 다른 이름인 새해, 새달, 새날, 새 다이어리에 어떤 것들이 채워지고 또 비워질까요? 상자 안의 그늘에 상자 밖의 빛이 자주 들락였으면 좋겠습니다. 그런 상자는 늘 내 곁에 있습니다. 상자 속 빈 공간이 출렁이고 있습니다.

시

기꺼이
가까워지는 날

우리집에 온 곰

흰 눈을 이글루처럼 뒤집어쓴 채
닻 같은 앞발톱으로 베란다 창을 긁고 있었어
두 눈을 유빙流氷처럼 끔벅이며
집에 들어가도 돼—

어떻게 여기까지 온 거야
안 돼! 그렇게 앞발에 힘을 주면 아파트가 무너져
안 돼! 그렇게 큰 몸으로는 들어올 수 없어
몸을 줄여야 해 그래 좋아 삼층만해졌구나
먹을 걸 줄 수 없어 좀더 작아져야 해
이제 일층만해졌어 조금만 더 조금만
그렇게 울지 마 사람들이 깨면 경찰이 달려올 거야

작살 이빨은 뽑아야 해 물고 싶어질지도 몰라
갈고리 발톱도 잘라야 해 긁히면 다쳐
그래 좋아 그렇게 진한 툰드라 냄새를 피우지 마
가시털을 세우면 안 돼! 절대로!
그래 그래 착하지 좋아 좋아

손바닥만하게 된 하얀 북극곰
꼭지에 고리를 묶어 아이 가방에 매달아주었더니
온몸을 흔들며 유치원 가는 아이를 따라나선다
잘 잤니? 흰곰 배를 꾹꾹 누르는 아이에게
어김없이 불러주는 북극곰의 코맹맹이 노래

유 아 마이 선샤인—
마이 온리 선샤인—

오 낯익은 내 목소리

에
세
이

혼술 하는 날

별과 벌, 그리고 발

이름이란 그 무엇을 다른 무엇과 구별하여 부르는 기호이자 약속이다. 그러니 지시이자 기억이고, 일컬음이자 부름이다. 그래서일까. 모든 이름을 소리 내서 발음해보면 정말로 무언가를 앞세우는 것도 같고, 무언가를 고자질하는 것도 같고, 누군가를 타이르는 것도 같고, 무언가를 알리거나 받드는 것도 같다. 이 모든 것을 요청하는 것도 같다.

내 이름은 끝별이다. 끝과 별이라는 외마디 글자들이 합쳐진 순한글 이름이다. 끝과 별은 이 세상에 존재하지 않음으로써 존재하는, 우주적인 시공간이고 대상이다. 그런 끝은 시간적 지시어일까, 공간적 지시어일까. 너에게 끝이, 나에게는 과정 혹은 시작이라면? 물론 그 반대일 수도! 별 또

한 까마득한 하늘에서 빛나고 있지만 그 빛은 이미 오래전에 사라진 흔적으로서의 존재다. 그럼, 반짝이지 않은 별들도 별일까? 반짝이지 않은 별은 벌이거나 밭일까?

그래서일까. 별이라는 글자 앞에서 나는 늘 버퍼링중이다. 태어나 가장 많이 듣고 보았던 단어 중 하나가 별이다. 끝이라는 글자와 함께 언제 어디서나 가장 잘 들리고 가장 잘 보이는 글자다. 한데 나는 이 별을 벌과 밭로 자주 오독한다. 약한 시력이나 선택적 주의력 탓이기도 하겠지만 실제로 '여'와 '어'는 점 하나 차이고, '아'와 '어'도 방향의 차이에 불과하다. 일찍이 "오독이 문맥에 이르러 정독과 통한다/통독이 이러하리라"(「통속」)라고 고백한 적도 있으려니와, 내게 별과 벌과 밭은 한통속이다. 끝과 꿀도 마찬가지다. 내 이름 끝별이 꿀벌이나 끝밭로도 불리는 까닭일 것이다.

나는 존재감 없이 자랐다. 4남 2녀 중 막내딸인데다, 큰 병을 자주 앓던 쪼끄만 여자아이는 늘 주변부였고 타자였다. 내 이름을 정확하게 듣거나 불러주는 사람도 많지 않았

23

다. 끄삐, 끄께, 끄뻴, 꺼뺄…… 컴퓨터가 상용화되기 시작했을 때 도트프린트로 출력된 출석부에서 내 이름은 '정＊＊'로 암호처럼 처리되곤 했다. 경음과 격음에 강세가 들어가 있어서 발음은 세고, 세 글자 모두가 초성 중성 종성에 이중 자모음이 더해졌으니 빽빽하고 뻑뻑하다. 그것 또한 어쩐지 내 삶 혹은 내 시의 운명을 담고 있는 것만 같다.

작은 날개를 가진 벌은 날기 위해 일 초에 무려 이백 번의 날갯짓을 해야 하고, 살기 위해 일 초에 한 개의 꽃잎을 채취해야 한다니, 공중을 떠도느라 고단하기 이를 데 없겠다. 어둠 속 하늘에 떠 있는 별들은 어떤가. 그 별들의 끝에 자리한 별은, 앞선 별들이 발하는 빛에 가려 제빛을 내기란 또 얼마나 고단한 일일까. 그 고단함이 벌일까. 벌벌거리며 발발거리는 다섯 발의 별이 딱 나다. 전전긍긍, 안달복달, 아슬아슬, 시시각각, 묵묵부답…… 다 내 시 제목들이다. 내가 그려낸 별의 모습이기도 하다. 그래도 언젠가 별의 발끝에, 벌의 꿀이 묻어나왔으면 한다.

"어릴 땐 튀는 이름이 못내 못마땅했어요. 아버지가 돌아가시고서야 아버지가 주신 '끝별'의 의미를 완성할 수 있었는데, 그게 바로 시였구나! 하는 자각이었죠. 누구에게나 다르게 지각되는 '끝'이라는 시공간적 지점과, 수억 광년 전에 폭발해 이미 사라진 존재인데 멀리 높게 빛남으로써 어둠 속 지도가 되기도 하는 '별' 같은 존재가 바로 시가 아닐까요." 어느 인터뷰에서 얼렁뚱땅 대답한 말이다.

중국에 내 시가 처음 소개되었을 때다. 순한글인 내 이름 역시 한자로 표기되어야만 했다. '끝'이라는 음을 가진 한자가 없으니 기껏해야 末星(말성)이나 終星(종성)이 상식적일 터. 그러나 그건 좀 아니다 싶어, 나뭇가지 '끝'에 걸린 '별'이라는 의미로 '標辰(표진)'이라는 한자를 입력했다. 내 시의 끝자락이 내 키보다 더 높았으면, 내 시의 마음 끝자락이 하염없었으면, 내 시의 꿈의 끝자락이 아주 어둡지는 않았으면, 하는 바람을 담았던 것도 같다.

내가 쓰는 시를, 내가 선택한 사랑을, 내가 속한 가족과 공동체를 책임지기 위해 마치 벌을 받는 듯 발을 딛고 선 내 두 발이 나는 때로 가엾고 때로 대견하다. 그러니까 책임을

25

지탱하는 건 발이다. 그런 벌과 발 사이에 별이 있다. "출생신고서에 등재한 내 이름이 이 별의 별명이자 병명이 되리란 걸 아버지는 아셨을까" "사망신고서에 등재될 내 이름이 이 벌의 죄명이자 사인일 것이다"(「벌받는 별」), 끝별이라는.

에
세
이

여왕처럼
키가 큰 날

옛날이야기 하나를
들려드리겠습니다

「선녀와 나무꾼」 이야기, 잘 아시죠? 외로운 나무꾼이 있었습니다. 어느 날 선녀들이 목욕하는 장면을 보다 선녀의 날개옷 하나를 숨깁니다. 날개옷이 없어진 한 선녀는 하늘로 올라가지 못합니다. 나무꾼과 결혼해 남매를 낳고 살다가 숨겨두었던 날개옷을 입고 아이들을 꺼안고 하늘로 올라갑니다. 어릴 적 이 이야기를 들을 때마다 궁금했습니다. 그 선녀가 되돌아간 '하늘'나라가 말입니다. 그 하늘나라는 정말 어떤 곳일까요? 구름 위 황금 의자에 앉은 옥황상제와 선녀머리를 한 선녀들 그림으로는 다 그려지지 않은 너무 많은 것이 궁금했습니다. 그 궁금의 궁극적 뿌리는 아마, 나는 어디서 왔고 또 어디로 가는가, 라는 물음이었을 겁니다.

우리에게 「선녀와 나무꾼」이 있었다면, 이누이트족, 그러니까 에스키모족에게는 「물개 여인과 사냥꾼」이 있습니다. 우리는 산이 많고 하늘이 높으니까 선녀와 나무꾼으로, 이누이트족은 물개와 펭귄과 흰곰이 많고 빙하가 깊으니까 물개 여인과 사냥꾼으로 변형되었을 겁니다. 자, 그럼, 지금부터, 그 물개 여인과 사냥꾼의 이야기를 들려드리겠습니다.

희디흰 빙하에 둘러싸인, 외로운 사냥꾼이 있었어요. 얼마나 외로웠냐면, 얼굴에 눈물자국이 계곡처럼 깊게 파일 정도로 외로웠답니다. 어느 날 이 외롭디외로운 사냥꾼도 물개 여인들이 목욕하는 장면을 보게 됩니다. 얼굴에 눈물 계곡이 파일 정도로 외로운 사냥꾼에게는 아마 세상에서 가장 아름다운 장면이었을 겁니다. 너무나 아름다워서 그만 물개 가죽을 하나 숨깁니다.

목욕을 끝낸 물개 여인들이 벗어놓았던 가죽을 하나씩 뒤집어쓰고 다시 물속으로 들어가는데, 가죽이 없어진 물개 여인만 오롯이 남겨집니다. 사냥꾼은 물개 여인에게 칠 년만 자신과 살아주면 물개 가죽을 주겠다고 약속합니다.

'오룩'이라는 아들을 낳아 키우며 알콩달콩 살아갑니다. 그리고 약속한 칠 년이 지나자, 물개 여인은 머리카락이 빠지고 피부가 벗겨지고 걷지도 못하며 죽어갑니다. 이 물개 여인이 사는 길은 물속으로 들어가는 것밖에 없습니다. 그렇게 물속으로 돌아가버릴 테니 남편이 가죽을 줄 리도 없습니다.

그러던 어느 밤, 오룩은 잠결에 오룩- 오룩- 하는 소리를 듣고 깹니다. 그 소리를 향해 달려가다 발에 무언가가 걸려 넘어집니다. 물개 가죽입니다. 그 물개 가죽을 코에 대는 순간 여름 바다 냄새 같은 엄마 냄새가 오룩의 가슴을 뚫고 지나갑니다. 그 가죽이 엄마의 것이라는 걸 금세 알게 되지요. 가죽을 가져다주지 않으면 엄마가 죽을 테고, 가져다주면 엄마가 떠날 테고…… 오룩은 얼마나 고민했을까요? 결국 가죽을 엄마에게 가져다주고는 가지 말라고 애원합니다.

물개 여인도 괴로웠을 겁니다. 그러나 자기보다, 오룩보다, 시간보다 더 소중한 무엇이 있다는 것을 물개 여인은 알고 있습니다. 자기가 왔고 자기가 가야 할, 물속 나라가 있음을 깨닫고 있는 것이겠지요. 그리고 오룩에게 말합니다. "내가 썼던 물건을 만지면 너는 노래하게 될 거야." 그러고는 오룩의 입에 숨을 불어넣고 물개 여인이 왔던, 이제 다시 돌아갈, 빙하의 물속 나라에 데려가줍니다. 엄마의 입김에 힘입어 오룩은, 처음이자 마지막으로, 인간으로서는 볼 수 없는 물속 나라를 여행하게 됩니다. 후일 오룩은 커서 최고의 노래꾼이자 이야기꾼이 됩니다. 처음이자 마지막으로 보았던 물속 나라 이야기를 인간들에게 들려주는, 이 땅에 마땅히 있어야 할 그 시인 말입니다.

오룩을 낳은 건 물속 나라에서 온 물개 여인이었습니다. 오룩에게 물속 나라의 이야기를 들려주고 물속 나라를 보여준 것도 신성한 물개 여인이었습니다. 이 물개 여인과 오룩이 들려주는 이야기의 뿌리가 살아서는 갈 수 없는 천년만년 빙하의 물속 나라라는 것이지요. 인간의 본향이기도 한 이 물속 나라에 대한 기억을 간직하고 그 기억을 노래할 수 있는 오룩이 모든 이야기꾼의 원형, 바로 시인이었던 겁니다.

나는 어디서 왔고 또 어디로 가는가, 라는 물음에 물속 나라가 더 잘 그려졌던 건 물속 나라가 더 익숙하기 때문일 겁니다. 엄마 뱃속이 물속 나라이고, 인간 혹은 생명의 근원이 물속 나라이기 때문일 겁니다. 그러니까 내가 왔고 내가 가야 할 곳, 자기 자신이나 사랑이나 시간보다 더 소중한 그것으로서의 그곳이 이 물속 나라라는 겁니다. 사랑이, 그리고 시가, 그토록 외로운 인간의 마음자리에서 시작되고 그 외로움의 근원을 궁금해하는 자가 사랑하는 자이고 시인이라는 겁니다.

제가 이 긴 이야기를 한 이유입니다. 오룩이 최고의 노래꾼, 그러니까 시인이 될 수 있었던 것은 오룩이 살고 있는 '지금-여기'에서, 오룩이 다시 돌아갈 물속 나라의 '저기-너머'를 들려줄 수 있었기 때문이었을 겁니다. 저기-너머에 깃든 시간의, 생명의, 언어의 기원으로서의 웅혼한 여성성이 짐작됩니다. 그러니 모든 시인은 어머니의 자식이고 모든 시의 뿌리가 어머니의 언어, 모어母語인 겁니다.

에
세
이

매생이굴국을
먹는 날

단짝과 단편들

별

악기들이 연주하는 것은 허공이다. 별들이 연주하는 것은 허공이고, 과거다. 꽃들이 연주하는 것은 허공이고, 과거고, 날개다. 허공에는 경사가 있고 허공이 철렁 기울 때 허공은 노래가 된다. 그래서일까 모든 노래에서는 먹먹한 허공 냄새가 난다. 철렁했던 곳으로 눈물이 고여 든다. 허공도 잠시 젖는다. 젖은 허공이 별이 된다고 생각한 적이 있다. 별들의 맨 끝에 명왕성이라는 젖은 심장이 있었다. 그러니 내가 노래하는 것은 악기이고 별이고 꽃이고, 왜소해진 명왕성의 젖은 심장이다.

루나나

히말라야 어느 산간 마을 사람들은 해마다 겨울이 다가오면 강그라 가르추를 넘는다. 눈이 마을을 가두기 전에 따뜻한 루나나를 향해 떠난다. 루나나! 보름에서 한 달이 걸린다고 한다. 내게 사랑은 늘 다른 곳에서, 다르게 살고 싶은, 도망의 다른 이름이다. 혹은 다른 곳에서, 다시 태어나고 싶은, 망명의 다른 이름이다. 나는 그걸 시라고도 부른다.

와락

와락은 쏠림이고 다급함이다. 고스란히 감당해야 하는 밀려옴이다. 떠나감이다. 와락의 순간들이 가까스로 지금-여기의 나를 나이게 한다. 와락 안겨오고 와락 떠나가는 것들, 와락 그립고 와락 슬픈 것들, 와락 엄습하고 와락 분출하는 것들, 와락 저편으로 이편의 나를 떠넘겨주는 것들, 그런 물컹하고 축축한 와락의 순간들이 밋밋하게 되풀이되는 이 삶을 울그락불그락 살아내게 한다. 이 되풀이의 운명 앞에서 절망하고 전율하는 나, 그게 사랑이었던가? 그 막막함에 숨이 막힐 때 와락 터져나오는 그것, 그게 시간이었던가?

π, 3.14159265358979323846……

원의 둘레는 언제나 지름의 3.14(……)배라는 원주율. 이 '네버엔딩' 숫자를 들여다보고 있으면 아뜩해지곤 한다. 영원히 끝나지 않는 무리수인데, 변하지 않는 상수라니! 이 삶도 3.14(……)배만큼을 견뎌내고 통과해내라는 말이기도 하겠다. 그러니까 지금-여기를 3.14(……)배로 흔들고 굴리고 늘리고 부풀리고, 그리하여 지금-여기에서 3.14(……)배로 널널하게 놀아내며, 그렇게 저기-너머를 슬쩍슬쩍 넘보자는 말이겠다. 스윙이라든가 트램펄린처럼, 슬라임이라든가 이스트처럼. 그걸 π의 힘이자 전략이라고 하자. 그러니까 그 힘의 흔적과 전략의 기록을 시라고 하자.

추파, 춥스!

나는 추파 춥스를 좋아한다. 다행이 행복의 동의어임을

눈치채듯, 사랑이라는 게 서로에게 바닥이 되어주는 것임을 눈치챌 때도 있다. 생의 팔 할을 차지하는 불행과 절망은 우리와 무관한 데서 들이닥칠 때가 많다. 그리고 남은 생의 이 할은, 풍파風波가 잠잠해서 다행이고 서로가 무사해서 행복임을 깨닫는 날들이다. 우리는 이 이 할의 다행과 행복을 꿈꾸며 쉼없이 추파秋波를 던지며 산다. 가을 햇살, 가을바람, 가을빛에 반짝이는 정말 딱 가을 물결처럼. 그리고 다시 팔 할은 춥스!를 연발하며, 그 물결의 살얼음들을 껴안으며 살아간다. 그렇게 내게 사랑은 빨아도 빨아도 줄어들지 않는 추파, 춥스! 같은 것.

집

하루도 빠짐없이 저녁이 되면 집 가는 버스에 앉아 있었다. 어릴 적 일이다. 친구들과 놀다 저녁 해가 넘어갈 즈음이면 알 수 없는 떨림에 글썽이곤 했다. 저물녘 해가 막 지려는 어스레함 속에서야 문득 주변을 둘러보게 되는데 그때마다 집에서 점점 더 멀리 와 있다는 느낌이었다. 그건 서글픈 두려움이었을까? 오늘도 집 가는 차 안에 있다. 그래도 돌아가야만 하는 집이 있고, 그 집에 내 추억과 열망이 깃들어 있다는 건 다행한 일이다. 그런 집은 반석처럼 앉아 나를 기다리는 누군가의 온몸이기도 했다. 누군가를 위해 온몸으로 오지게 채워야 하는 집, 옹이가 지도록 앉아 누군가를 기다려야 하는 집, 옹골차게 그대로 집이 되는 집, 나는 오늘도 그 집으로 가고 있다.

늘 오늘

오늘은 늘이다. 오늘이 늘인 까닭은 모호하게 열려 있기 때문이다. 오늘이 알지 못하는 데서 오고 이루 잡히지 않기 때문이고, 늘이 어디로 흩어지는지 알 수 없기 때문이다. 그러니 살아도 살아도 다 이르지 못하는 것이리라. 사랑처럼, 꿈 혹은 절망처럼! 숨과 호흡을 부리며 파도를 타듯, 바람을 타듯! 늘 오늘은 그런 노래다. 지금-여기에 묶어두려는 이 중력과 지금-여기를 타넘으려는 저 척력의 사이를, 그 허공을 타는 노래다. 그렇기에 중력에 척력이 들어오면 오늘은 경쾌해지고 늘은 다채로워진다.

블루 서핑

　양양 바다에서 서핑하기. 이건 내 생에서는 불가능할 버킷리스트다. 그러니 꿈꾸지도 않겠다. 삶이라는 바다에서 서핑하기. 아, 이건 내내 꿈꾸는 바다. 그리고 우리가 조금씩은 해내고 있는 바다. 되풀이되는 일상을 되풀이의 리듬으로 타넘고 넘어가기, 은근슬쩍 변주해 에둘러 리듬으로 통과하기. 때로는 거칠고 격렬하고 껄끄럽게, 때로는 순연하고 지루하고 경쾌하게 가락을 타면서. 삶이라는 바다에 시라는 보드를 타고, 일렁이는 파도의 패턴을 블루지한 블루의 파도를 타는, 나는 불타는 서퍼이고 싶다.

에
세
이

팔레스트리나를
듣는 날

나무의 미라

미라를 볼 때마다 무섭습니다. 썩지 않는다니, 사라지지 않는다니…… 나무에도 미라가 있을까요? 오래된, 상한, 척박한 나무들을 볼 때마다 들곤 하는 생각입니다.

바위틈에 뿌리를 내린 나무, 휘어져라 허리를 비튼 채 비탈에 선 나무, 마를 대로 마른 나무들을 볼 때마다 그 나무에 둥지를 틀고 싶다고 생각한 적이 있습니다. 들락이는 바람에 제 살을 말리는 그런 나무껍질 속에 유폐되고 싶다고 생각한 적도 있습니다. 소리의 묘혈, 빛의 묘혈을 찾아서.

바람에 서리 냄새가 묻어납니다. 나무껍질도 까칠해지고 가지도 더욱 수척해졌습니다. 물관도 좁아지고 수액도 줄어들었을 겁니다. 가지 끝에 위태로이 매달려 저리 갈빛을 피워올리는 것도 아마 시간이 가져다준 상처의 힘일 겁니다.

지상에 펼쳤던 마음들을 하나씩 거둘 때마다 그 자리에 허공이 생겨났습니다. 허공을 만들며 떨어지는 잎들이 음악 소리를 냈을 겁니다. 들여다보면, 떨어지는 잎들은 어느 한쪽으로 쏠려 쌓이는 습관을 갖고 있고, 겨우내 속 깊은 시간의 두엄을 다지고 있을 겁니다.

그렇게 잎들을 다 떨군 채 미라처럼 서 있는 저 겨울나무숲은, 얼마나 많은 바람과 햇빛과 눈비와 꽃의 기억을 간직하고 있을까요? 저 겨울나무들은 시간과 망각을 어떻게 견뎌내는 걸까요? 저 한겨울나무에는 어떤 영혼이 깃들어 있을까요?

대부분의 노거수老巨樹는 속이 비어 있다지요. 나무껍질에 새겨진 나이테조차 희미해져 셀 수가 없다지요. 그러다 어느 하루 다 삭은 나무의 밑둥치마저 무너져내리면 나무가 있던 기슭은 텅 비겠지요? 텅 빈 고요가 오후의 햇살과 더

불어, 걸릴 곳 몰라 허공을 떠돌겠지요? 길밖에 남지 않거나 길이 하나 새로 나겠지요?

　거두어들일 때를 아는 것들이 발하는, 마를 대로 마른 뼈 빛깔 또한 아름답기도 합니다. 바위틈에 내린 가늘고 긴 뿌리들을 너무 빨리, 한꺼번에, 거두지는 말았으면 합니다.

시

마시멜로를
구워 먹는 날

눈 그림

눈신을 신고 걸어요
외따로 쌓인 눈에 발자국을 찍어요

하얀 눈밭을 한발 한발

눈신에 밟힌 눈이 추억처럼 패었어요
머물다간 상처의 거처처럼 움푹 움츠러들었을까요?

자국에 자국을 더해 길을 내고
길이 길을 반겨 하얘진 하나된 길을 다지면

눈의 낙서, 아니 낚시라 할까

마음의 지도, 아니 미로라 할까

걷고 걷다 맥박까지 하얘진다면, 마침내 겨울 끝?

눈에 새긴 쳇바퀴들 새하얗게 다 걸었으니
길을 내느라 파이고 파인 다짐도 다시 풀리고 녹을 거예요

눈신을 벗어놓고 내일로 간 눈사람의 알리바이처럼,

그럼 또 그 길에 연두 발가락이 삐죽 튀어나오겠죠?

에
세
이

이사하기
딱 좋은 날

지나가고 지나가는

1

"모든 것은 시간과 더불어 가능해진다—라마르크." 화장
실에서 본 낙서다. 별일이 없는 한 나는 이 낙서가 있는 칸
을 애용한다. 어떤 라마르크인지 확인해보지 않았으나, 변
기에 앉아 삐뚤빼뚤 쓰인 이 문장을 들여다보고 있노라면
막혀 있는 것들이 뚫리는 느낌을 받는다.

그래, 지나가고 지나가는 건데…… 어차피 지나가고 지
나가는 것일 뿐인데 그것도 성큼성큼…… 이렇게 되뇌노라
면 몸속에 가득찼던, 날 선 분노나 갈애渴愛, 쪼잔한 근심들
이, 싸- 하니 빠져나가곤 한다. 지나가는 것들에 의지해 나
는 간혹 철이 들기도 하고, 끝인 듯 지나가는 것들과 함께

문득 가벼워지기도 한다. 물론 순간이다. 순간이 아니라면 나는 철이 너무 들어 무거워지다 못해 땅에 묻혔을지도 모른다.

어제의 해가 오늘 다시 떠올랐다. 그러나 어제의 그 해는 아니다. 그날의 눈이 이날 다시 내렸다. 그러나 그날의 그 눈은 아니다. 해도, 눈도, 위기도, 죽음도, 기회도, 신생도 모두 내 마음의 경계, 마음의 구획, 마음의 고집, 마음의 속도에서 비롯된다. 안달복달은 그런 마음을 먹고 산다. 내 삶의 병인病因, 안달복달의 마음이 늘 몸을 고단하게 부리곤 한다. 그 마음 또한 지나가고 지나갈 것일 텐데……

2

마음은 언제나 현재형이다. 지금을 떠난 마음은 사라져 버리기 일쑤고, 지금 마음이 과거와 미래를 잰다. 지금 불편한 마음을 지우거나 지금 마음에 이롭게 각색해 지금 마음에 담는 스스로를 발견하고 소스라친 적 있다. 망각하기 위해 애써 마음을 버리고, 불완전한 지금을 메꾸기 위해 부러

또 뭔가를 마음에 담곤 한다. 그러니 지금을 따르는 마음이란 얼마나 불완전하고 불안정한 것인지.

어차피 봄은 오고 또 오는 것이라서
그 봄에 의지해 철이 들고 기어이 끝을 보기도 하는 것이라서

봄꽃을 위해 겨울을 나는 저 앙상한 겨울나무가 지나간다. 흰 눈을 기다리는 저 허허벌판이 지나간다. 구름과 비와 눈과 바람과 새들이 지나가도록 배경이 되어주는 저 하늘도 지나가고, 낙타에게 길을 내주는 허구한 날의 사막마저도 지나간다. 지나가니 지나간다.

시

눈을 기다리는 날

웅크레주름구릉

웅크레주름구릉은 북쪽 끝의 끝이라지 털난코끼리매머
드의 등뼈가 능선을 이루고 골짜기마다 공룡알을 품고 있
다지 버릇없는갈기말바람은 갈고리처럼 언 살을 잡아뜯고
유리가루반짝눈보라는 길을 지운다지 밤이면 인광들이 휙
휙 날아다니곤 한다지 웅크레주름구릉 속 골짝박달나무오
두막에는 뼈만 남은 흰센머리쪼글할머니누나가 산다지 마
른 쑥과 삼나무와 산향모를 말아넣은 새끼노루뼈큰담뱃대
를 뻐끔뻐끔 피워댄다지

들리는 말로는 말이지 이빨 빠진 흰센머리쪼글할머니누
나가 새끼노루뼈큰담뱃대를 합죽 빨아들이면 해가 꼴딱 지
고 아낙들은 이불을 펴고 사내들은 바람 빠지는 소리를 낸

다지 물이 나가고 달이 핼쑥 지고 바람이 숨을 멈추고 땅이
잠시 움츠려든다지 새끼노루뼈큰담뱃대를 탕 탕 내려치기
라도 하면 계란 껍데기 부서지는 소리를 내며 천둥이 치고
해일이 인다지

글쎄, 본 사람은 없지만 말이지 눈꺼풀이 광대뼈까지 처
진 흰센머리쪼글할머니누나가 새끼노루뼈큰담뱃대를 후욱
몰아불면 먼동이 트고 밀물이 든다지 새끼노루뼈큰담뱃대
연기가 뭉게뭉게 세상을 떠돌다 아낙들 가슴속으로 스며들
면 아차, 밥 짓는 연기를 일으키고, 그제야 사내들은 어슬렁
바람을 피우기도 한다지 뭉실구름을 낳고 비가 되기도 한
다지

웅크레주름구릉 골짝박달나무오두막의 흰센머리쪼글할
머니누나 새끼노루뼈큰담뱃대 연기는 세상 모든 숨결이라
지 호두처럼 첩첩이 주름진 웅크레주름구릉으로 우리를 몰
아간다지 뼈와 불과 살인 들숨날숨의 사원이라지 백년 동
안 시속 이백 킬로미터로 달려가고 있다지 숨이 차는 동안
나는 세상의 허파 속에 있다지

에
세
이

호호호 호빵을
먹는 날

웅크레주름구릉에 사는
흰센머리쪼글할머니누나

'늑대와춤을' '주먹쥐고일어서' '발로차는새' '머리속의바
람' '열마리곰' '많이웃다'…… 영화 〈늑대와 춤을〉에 등장하
는 주인공들 이름이다. 인디언은 세상 존재하는 것들에 마
음을 담아 그것들에 어울리는 이름을 붙인다. 가까이 있던
자연이나 겪은 사건, 가진 재능이나 이룬 업적 등을 가져와
명명하는 자의 시선과 명명되는 자의 서사를 담아내곤 한
다. 남이 지어준 이름과 내가 지은 이름이 다를 수 있고 심
지어 바꿀 수도 있다. 남이 지어준 이름으로 평생토록 불리
는 게 아니라, 너나없이 수시로 각자의 시선과 서사를 담아
자유롭게 명명할 수 있다는 건, 퍽이나 매력적인 일이다.

이 영화 덕분이었을까, 한때 인디언 관련 서적을 찾아 읽

곤 했다. 인디언 소년의 아름다운 성장 서사를 담은『내 영혼이 따뜻했던 날들』은 무한경쟁에 시달리는 사춘기 딸들이 꼭 읽었으면 해서 아이들 책장에 꽂아두었다.『아메리카 인디언의 지혜』와『격려 속에서 자란 아이가 자신감을 배운다』도 자녀 교육과 삶의 지혜를 묻고 싶을 때, 인디언 추장의 연설 모음집『나는 왜 너가 아니고 나인가』는 소유와 성공, 질투와 미움에 찌들어 있을 때 경전처럼 들춰보는 책들이다. 이 외에도 백인 사회에 편입되어가는 인디언의 자전적 서사, 인디언의 삶과 지혜는 물론 최후의 항쟁과 멸망을 기록한 스무여 권의 책들이 더 있다. 팔 할이 지금은 절판된 책들이다.

그중 한 권이『무엇 하나 소중하지 않은 것이 없다』(존 파이어 레임디어 외, 정도윤 옮김, 아름드리미디어, 2004)인데, 구술口述의 저자 '절름발이사슴(레임디어)'은 수우족 주술사다. 그는 수우족 인디언 보호구역에서 태어났다. 그의 삶과 그가 본 수우족의 비전이 담긴 이 책은, 자연과 신화와 상상과 언어로 빚어진 한 편의 거대한 서사시다. 부랑아, 광대, 날품팔이, 목동, 주정꾼, 범법자, 간판장이 등을 거쳐 수우족 주술사로, 인디언 인권 운동가로, 이야기꾼으로 자신의 삶을 찾아가는 그의 삶은 말 그대로 파란만장하다. 신산한 삶의 여정을 통과하며 그는 자기 내면을 들여다보고 영적 비전을 구했으며, 인디언식 비전과 유머로 인디언 사회만이 아니라 백인 사회까지를 통찰하고 있다.

다른 인디언 관련서와 비교했을 때 이 책의 독창성은 '비전'이라는 말로 되풀이되는 인디언의 영성과 전통의식, 그리고 시원始原의 상상력을 자극하는 인디언 신화와 전설에 있다.

옛날에 엄청난 홍수로 평원이 바다처럼 물에 잠긴 적이 있었어. 이 땅에 살던 사람들 중 일부는 불어나는 물을 피해 산꼭대기로 달아났지만, 홍수는 그들까지 쓸어버리고 땅을 뒤집어 밑에 있던 모든 생명체들을 깔아죽였지. 그때 죽은 사람들의 살과 피가 거대한 피바다를 이루었는데, 얼마 뒤 그 피가 졸아들면서 붉은 담뱃대 돌로 변했어. (……) 그때 한 젊고 아리따운 여인이 홍수에서 살아남았어. 물이 그녀의 주변을 소용돌이치고 있을 때, 구름에서 내려온 커다란 독수리 한 마리가 그녀를 낚아채 성난 홍수도 휩쓸 수 없는 높은 산에 데려다주었거든. 여인은 그곳에서 쌍둥이를 낳았는데, 그 쌍둥이가 자라 수우족의 선조가 되었지.

우리 수우족은 내면에 우리를 통제하는 뭔가가, 거의 제2의 인물 같은 존재가 있다고 믿어. 우리는 이것을 '나기nagi'라고 부르는데, 사람들이 혼이니 영이니 본체라고 부르는 것과 같은 거야. 보거나 느끼거나 맛볼 수 없는 그것이, 언덕 위에서의 그때, 정말 딱 한 번, 그것이 내 안에 있음을 느꼈지. 말로 설명할 수 없지만, 권능이 나를 가득 채웠네. 그제서야 내가 '주술사, 위차사 와칸wicasa wakan'이되리라는 걸 확실히 알겠더군. 다시 눈물이 앞을 가렸는데, 이번에는 행복에 겨워서였어.

절름발이사슴은 '아메리카'라는 이름으로 불리기 전부터그 땅에 터를 잡고 살던 원주민 수우족의 탄생 신화를 복원한다. 세상을 쓸어버리는 홍수에서도 살아남아 쌍둥이를낳은 '한 젊고 아리따운 여인'이 수우족 선조의 어머니다. 거

슬러올라가면, 주술사 절름발이사슴이 가진 영적인 힘은 초자연적 기원을 지닌 이 위대한 여인의 여성성에 닿아 있다. 그러니까 사람들이 혼이나 영이나 본체라 부르는 '나기'라는 위대한 여성적 권능을 깨닫는 자가 '위차사 와칸'이라는 영적 지도자가 되는 것이다.

인디언의 인사말 '미타쿠예 오야신(Mitakuye Oyasin, 모든 것은 연결되어 있다)'에는 그들이 꿈꾸는 둥근 원圓의 철학이 담겨 있다. 모든 것은 '원 안의 원'으로 이어져 서로가 서로를 품는다. 생명과 자연의 법칙, 건강과 치료의 원리, 자신을 다스리는 능력, 인간의 사회 활동이 끝없는 고리들에 의해 하나의 원으로 연결되어 있다는 것이다. 절름발이 사슴은 말한다. 이 '미타쿠예 오야신'이 세계를 이해하는 방식이라고, 그러니까 "주술사가 되는 건 다른 무엇보다도 마음 상태, 이 세상을 바라보고 이해하는 방식, 그 모든 걸 느끼는 방식이라고 생각해"라고. 이런 마음의 권능을 느끼는 자가 시인이 되는 것이리라.

인디언들은 안 보이는 자연의 질서나 영성에 순응하는

삶을 살았다. 자연을 완성된 아름다움으로 여겼으며, 동식물 모두 자신만의 영혼과 존재 이유가 있는 생명체로 여겼다. 공존하는 삶에서 시공간에 의한 분리나 단절은 중요치 않았다. 보이는 게 진실의 전부가 아니고 물질이 소유의 전부가 아니라는 믿음이었을 것이다. 문자를 사용하는 일 또한 자연을 거스르는 일이라고 생각했기에 문자가 아닌 말과 목소리로 세상을 시처럼 호명하곤 했다. 이를테면 그들에게 나무는 '하늘을 향해 솟아 있는 키 큰 친구'고, 친구는 '나의 슬픔을 대신 등에 지고 가는 사람'이다. 1월은 '해에게 눈 녹일 힘이 없는 달'이다.

인디언식 이름 짓기가 유행했던 적이 있다. 태어난 해의 끝자리에 열 개의 형용사, 태어난 달에 열두 개의 자연물, 태어난 날에 서른한 개의 동사형 명사를 정해 조합하는 방식이었다. 그 방식에 따르면 양력으로 지은 내 생일 이름은 '웅크린 바람은 말이 없다'이다. 그리고 2025년 1월 10일은 '백색 늑대를 보는 날'이다.

한때 내가 복원하고자 했던 내 종족의 고향은 '웅크레주름구릉'이었고, 내 시조는 '흰센머리쪼글할머니누나'였다. 한겨울 태생인 나는 겨울의 겨울의 겨울 계곡에, 여자의 여자의 여자 혈족의 계보를 세워보고 싶었다. 온통 하얀, 새하얀……

1월 11일

시

빨강을
장착하는 날

언니야 우리는

우리는 같은 몸에서 나고 같은 무릎에 앉아 같은 젖을 빨았는데

엄마 다리는 길고 언니 다리는 짧고 내 다리는 더 짧아
긴 다리에 짧은 다리들을 엇갈려 묻고
이거리 저거리 각거리, 천사만사 다만사, 조리김치 장독간, 총채 빗자루 딱,
한 다리씩 빼주고 남는 한 다리는 술래 다리

언니야 우리는 같은 집에서 같은 밥을 먹고 같은 옷을 입고 같은 아버지와 오빠들과 살았는데
너는 언니라서 더 굵고 나는 동생이라서 조금 덜 굵고

남자들을 위해 씻고 닦고 빨고 삶고 낳고 먹이느라 엄마
처럼 하얘지도록

　너는 언니라서 더 끓고 나는 동생이라서 조금 덜 끓고

　우리는 같은 가족으로 자라 같은 학교에 다니고 같은 시
대를 살았는데

　남자들이 우리에게 어떤 손자국을 남기고 어떤 무릎을
요구했는지

　남자들에게 사랑받기 위해 우리가 어떻게 서로의 어깨를
떠밀었는지

　서로를 손가락질하고 서로에게 어떤 자물쇠를 채웠는지

　너는 먼저 나서 잘 싸우고 나는 나중 나서 더 잘 싸우고

　너는 먼저 피 흘려서 곰이 되고 나는 나중 피 흘려서 늑대
가 되어

　그래 우리는 같은 성으로 살며 똑같이 결혼을 하고 똑같
이 아이들을 키우며 또 같이 울었지

공깃돌을 줍다 빨래하러 가자 내 손을 잡고

징검다리를 건너다 물에 빠진 내 손을 붙잡아준 네 손

오래 매달리기를 하다 팔이 빠진 나를 등에 업어준 네 손

나란히 엎드려 팝송을 듣고 일기와 편지를 쓰고 생리대

를 나눠 쓰던 우리 두 손

늦은 밤이면 굳게 잠긴 철대문을 몰래 열어주던 서로의

손을 붙잡고

그래 언니야 우리는 같은 엄마의 여자였고 서로의 엄마

였어 그러니까 서로의 애기였고 서로의 애기였어

너는 언니라서 더 지치고 나는 동생이라서 덜 지치고

너는 맏딸이라서 더 외롭고 나는 막내딸이라서 덜 외로

웠을 뿐

더 더 외롭고 더 더 지친 엄마 다리에 네 다리와 내 다리

를 엇갈려 묻고 마주앉아

퉁퉁 부은 서로의 다리에서 한 다리씩의 어둠을 뽑아

무청 같은 날개를 달아주며

애기 새들처럼 목청껏 한소리로 노래하지

니다리 내다리 짝다리, 천근만근 무다리, 주홍마녀 유리
천장, 강물 파도야 싹,

시

바람을
가르는 날

강그라 가르추

한밤을 가자
아무것도 쓰이지 않은 흰 밤을
맨발로 달려가자 모든 죄를 싣고 검은 야크의 눈에
서른 개의 달을 싣고

강그라 가르추를 가자
가다 간히면 덧창문 아래서
강된장을 끓이며 오랜 슬픔에
씨앗만해진 두 입술을 나누며
뭉쳐진 밥알처럼 숨죽이며 가자

얼음 박힌 서로의

발꿈치를 어루만지며 가자
버리고 온 것들이 숭늉처럼 가라앉을 때
눈보라에 튼 붉은 뺨을 씻고

처마밑 고드름 녹는 소리에
순무들의 푸른 귀가 돋는 곳으로 도망가자
도망온 것들이 그리워지는 그곳으로 가자

몇 날 며칠을 가자
너라는 천산산맥 나라는 만년설산 너머
강그라 가르추를 넘어

에
세
이

골골송을 들으며
자는 날

뽀또가 왔다,
그리고 장비가 왔다

뽀또가 왔다. 이제 곧 대학생이 될 네가 제일 먼저 한 일
은 바위틈에서 구조된 '아깽이' 입양이었다. 나는 반대했다.
한 생명을 들인다는 게 무슨 의미인지 알아? 난 고양이 알
레르기도 있는데?

나는, 결국, 백기를 들었다. 흰 바탕에 크래커샌드 '뽀또'
색 반점이 섞인 아깽이를 안고 유튜브 속 고양이들을 들여
다보고 있을 때 너는 세상을 다 가진 표정이었다. 나는 이비
인후과를 드나들며 알레르기 약을 먹고 비염 약을 뿌리면
서, 그래 네가 좋다는데…… 그랬다. 뽀또의 꼬리는 우아하
게 길다. 그런데 꼬리 끝에서 삼분의 일 지점이 꺾여 있다.
바위틈에 끼었던 건지 바위틈에 떨어지면서 꺾였던 건지

알 수 없다.

기다란 잠의 꼬리를 늘어뜨린 너는 말랑말랑한 반죽 덩어리, 부푸는 중이야!

아침에 버터를 바른 기름진 털을 노릇노릇 구워내는 오전의 햇살은 쏜살처럼 바빠

어쩌다가의 츄르처럼 달콤한 꿈은 깊은 호둣속 여행, 길을 잃고 호두까기 인형들과 한바탕 소동

덜 깬 앞발을 허공에 내딛다 깜짝 놀라기도 하지만 다른 세상을 꿈꿀 때는 조금 휘청여도 괜찮아

고양이 발은 어차피 새 발, 창문 넘어 도망치는 저 늦바람에 네 발을 맡겨봐

날기를 잊지 않으면 날개를 얻을 거야 멀리서 왔다 멀리 갈 네 다른 이름은 낭만 나비

온 생을 부풀다 뼈마저 가벼워지면 네 가장 나중에 활짝 활개를 칠 네 발의 날개가 있으니

활처럼 기지개를 켜봐, 꼬리를 치켜세우고 유유히 걸어봐, 오늘의 안녕과 내일의 안녕 사이를!

　　　　　　　　　　　　　　　　　—「뽀또라는 이름의」

그리고 장비가 왔다. 이제 곧 대학을 졸업할 즈음의 너는 한겨울밤에 죽어가는 아깽이를 또 외투에 감싼 채 데려왔다. 내장 같은 걸 꼬리 밑에 달고 아장아장 쫓아오는데 아무리 기다려도 어미 고양이가 오지 않더라고. 얼어죽을 거 같았다고. 나는 난감했다. 치료해서 다시 보내주자, 내 비염 천식이 더 심해질 테니.

백기는 늘 내 몫. 고등어 빛깔의 '장비'가 입었음 직한 갑옷 무늬 털을 가진 아깽이는 용감무쌍했다. 좌충우돌하는 아깽이를 깔깔거리며 쫓아다니는 너는 세상 무해한 표정이다. 알레르기내과까지 드나들며 늘어난 약을 먹고 뿌리

78

고 흡입하며 다시, 그래 네가 행복하다면…… 장비의 꼬리
는 토끼 꼬리처럼 뭉땅하고 몽실하다. 태어날 때부터 그랬
는지, 어느 겨울밤 사고로 긴 꼬리를 잃었던 것인지 알 수
없다.

무언가를
묻고 온 밤에는 꼭 계절을 묻게 된다

땅이 얼지는 않을지
물에 뜨거나 쓸리지는 않을지

무언가를
태우고 온 밤에는 또 바람을 살피게 된다

연기는 얼마나 머물다 갈지
남은 재는 어디로 불려 갈지

그런 밤에서는 비린내가 났다

그런 밤에는 어린 고양이도 체온을 나누려
주르륵 품으로 흘러들었다

먹는 걸 잊었으나 배도 고프지 않았다

눌렸다 멈춘 내 숨에 내가 놀라 깨면

어린 고양이가 칫솔 같은 혀로
내 젖은 얼굴을 닦아주고 있었다

　　　　　　　　　　　　—「그루밍 블루」

　그리고 시가 왔다, 선물처럼. 때밀이 타월 같은 혀의 그루
밍으로, 허밍 같은 골골송으로, 구름 같은 온기로, 달빛 같
은 눈빛으로, 나비 같은 발걸음으로……

　뽀또와 장비의 눈을 바라보고 있으면 내가 너무 많은 죄
를 짓고 사는 것만 같고, 내가 너무 무서운 사람인 것만 같
았다. 나는 동물을 위한 나라를 꿈꾸기 시작했다.

에
세
이

보름달의 신탁을

듣는 날

이제 새를 노래해도
되겠습니까?

'갈매기의 꿈'에 대하여

내 시에 새가 없다는 걸 자각했을 때 떠오른 책이 리처드
바크의 『갈매기의 꿈』이었다. 이상길 역, 값 500원, 1974년
4월 25일, 세종각 발행. 열다섯 살쯤에 읽었던, 양장 제본에
커버와 책갑까지 갖춘 세로쓰기의 영어 '원서 합본'이다. 언
니 오빠들이 영어 공부를 위해 먼저 읽었던 책이다.

책꽂이 꼭대기에 꽂혀 있던 반세기 전의 책을 펼쳐본다.
"너는 언제나 네가 가고 싶은 곳을 갈 수 있어" "세상에서 가
장 어려운 일이 한 마리의 새에게 그가 자유라는 것을 믿
게 하는 것, 그리고 그가 약간만 시간을 소비하여 연습하면
자유로움을 스스로 증명할 수 있다는 것을 믿게 하는 것이

야". 이런 문장에 세로 옆줄이 쳐져 있다. 이런 문장들을 외우며 열다섯 살의 나는 '조나단 리빙스턴 시걸'-되기를 꿈꾸었던 걸까?

열다섯 살의 나는 알지 못했다. 더 높이 더 멀리 날기를 꿈꾸며 외롭게 고통스럽게 그 꿈에 다가갔던 '조나단 리빙스턴 시걸'에 빙의되어 밤을 지새우며 저릿함과 뜨거움으로 멀미를 앓던 이유를 그때는 알지 못했다. 열다섯 살 적 멀미의 정체를 가늠했던 건 대학생이 되어, 도서관에서 빌려 읽었던 페미니즘 필독서 『날으는 것이 두렵다』(에리카 종, 유안진 옮김, 문학예술사, 1979)를 읽으면서였다. 시를 쓰기 시작했던 그때야 어렴풋이 여성에게 금지되었던 '난다는 것'의 의미를 여성으로서의 글쓰기와 연결할 수 있었다. 그랬다. 그때 시는 나를 더 높고 더 먼 세계로 데려다주는 눈이자 날개였다.

'대붕'이라는 새에 대하여

오래전의 겨울이었다. 아침저녁으로 오가는 익숙한 골

목을 배경으로 그 꿈은 시작된다. 집 가는 길은 큰 골목 중간쯤에서 작은 골목으로 꺾어들어야 했다. 그날도 나는 큰 골목에 들어섰다. 생시에도 나는 그 큰 골목을 끝까지 가본 적이 없었으니, 꿈에서도 나는 그 큰 골목 중간쯤이 내 길의 끝이라고 생각하고 있었던 거 같다. 그런데, 그날의 꿈에서 나는 작은 골목으로 꺾어들지 않고 홀연히 큰 골목 끝을 향해 나아갔다. 낯선 길에 홀리듯 나아가다보니, 점점 좁아지고 높아지던 골목 끝이 난데없이 확 트인 들판으로 이어졌다.

들판에는 초록의 초여름 논이 한없이 펼쳐져 있고 그 평화한 논에는, 두루미인지 학인지, 기다랗고 가느다랗고 새하얀 새 두 마리가 한가히 놀고 있었다. 초록의 초여름 논 끝에는 노란 초가집 한두 채가 그림처럼 웅크리고 있었고, 그 뒤로는 황금빛 저녁노을이 펼쳐 있었다. 꿈속에서도, 아 정말 꿈같은 풍경이야, 탄성이 절로 나왔다.

꿈에 들듯 하얀 새들에게 다가갔다. 가까이 다가가자, 타조만해진 하얀 새 한 마리가 날아오르려 했다. 급한 마음에 하얀 새의 목을 부여잡고 등에 올라탔다. 그런데, 날아오르려고 펼친 하얀 새의 두 날개가 어찌나 크던지 두 날개가 하늘을 까맣게 덮고도 모자라, 우지끈 하늘에 걸려 퍼덕였다. 깃털 몇 개가 후드득 떨어졌는데 그 깃털들은 또 얼마나 크던지⋯⋯

그 순간 나도 모르게, 대붕이야 대붕, 아 대붕이 난다, 대붕이 날아, 라고 소리쳤다. 하늘에 낀 날개가 퍼덕일 때마다 천둥이 쳤고 번개가 쳤다. 비명과 함께 꿈에서 깼다.

'조나단, 리빙스턴, 시걸'에 대하여

새파란 바탕에 기다란 날개를 편 하얀 새 한 마리가 전부였던 책 표지 때문이었을까. 조나단, 리빙스턴, 시걸! 날기를 거듭하는 그 이름을 되뇔 때마다 몸과 마음이 시렸다. 비상을 거듭하는 그 고독한 고단함이 시리게 전해왔다. 자유와 용기와 희망을 노래하는 그 이름이 왜 슬픔으로 다가왔던 걸까. 낯선 그 이름을 되뇔 때마다 설렘으로 뭉클해지곤 했는데, 그 설렘의 끝은 시리게 짰다.

조나단, 리빙스턴, 시걸! 그 이름을 부르면 나는 여기로부터 튀어올라 허공에 닿을 수 있을 것만 같았다. 뼈마저 가볍게 비워 허공의 바람을 탈 수 있을 거 같았고, 높디높은 허공의 시선을 가질 수 있을 거 같았다. 조나단, 리빙스턴, 시걸, 을 되뇌노라면 나는 뭐든 할 수 있을 거 같았고, 지금과 다른 나일 수 있을 거 같았고, 내가 알고 있는 나보다 더 나은 나일 수 있을 거 같았다.

그러나 조나단, 리빙스턴, 시걸, 은 내 마음에 상처를 내며 스쳤던 이름이었다. 조나단, 리빙스턴, 시걸, 이라는 이름에 한창 설렐 때, 내가 태어난 이후 내내 대통령이었던 바로 '그분'이 시바스 리갈을 마시다 총에 맞아 쓰러졌다. 그날 이후 조나단, 리빙스턴, 시걸, 이라는 이름에서는 아버지도 즐겨 마셨던 시바스 리갈이라는 양주 냄새가 섞여들곤 했다. 그리고 나는, 빠르게, '얼리버드' 아버지를 닮은 투철한 생활인이 되어갔다.

책꽂이 꼭대기에 꽂혀 있던 옛 책을 다시 읽던 그날, 나는, 새에 관한 시 세 편을 연달아 썼다. 열다섯 살의 조나단, 리빙스턴, 시걸, 을 다시 불러들였다. 그리고 내 안의 파랑을 다시 보았다. 열다섯 살 내 꿈은 조나단, 리빙스턴, 시걸이었으나 강산이 네 번이나 바뀌는 동안 까맣게 잊고 살았던 그 이름을. 나는 내내 땅을 떠난 새가 그려지지 않았던 거다. 바다를 떠난 새는 더더욱!

에둘러왔으나, 조나단, 리빙스턴, 시걸, 을 다시 입안에 굴려본다. 열다섯 살처럼 가슴이 뜨거워진다. 내 시의 자유와 내 시의 분출과 내 시의 비움을, 내 시의 착지와 발돋움과 그 비상의 삼박자를, 다시 그려본다. '조나단'에서 낮고 깊게 착지하고, '리빙스턴'에서 곧고 단단하게 발돋움하고, 그리고 마지막 '시걸'에서 높고 가볍게 비상하는.

에
세
이

설향딸기를
먹는 날

얼음덩어리를 발목에 매단 채
비틀거리며 걷던 두루미를 떠올리며

두루미 한 마리가 발목에 얼음덩어리를 붙인 채 비틀거리며 걸어가는 것을 본 일이 있다.

물속에 발을 담그고 잤던 밤새 물이 얼었을 것이다. 평형감각이 뛰어난 두루미는 체온을 유지하기 위해 한 다리만을 물에 담그는 것인데, 차가운 물에 한 다리를 오래도록 담그고 있어도 발이 시리거나 동상에 걸리는 일은 없다고 한다. 한데 그 두루미가 비틀거렸던 건, 얼음덩이가 무거워서였을까? 아니면 발목과 함께 얼었던 얼음을 깨면서 발목을 다친 걸까? 그래도 비틀거리면서라도 걸을 수 있었으니 그나마 다행한 일이다.

얼음덩어리를 발목에 매단 채 비틀거리며 걷던 두루미 한 마리를 떠올릴 때가 있다.

시라는 강물에 발을 담근 지 오래라면 오래다. 혹한의 어둠 속에서 잠시잠시 눈을 붙이느라 몸과 마음에 얼음덩이가 붙었을지 모른다. 한동안 움직이지 않아 발목의 감각을 잃어버렸는지도 모르겠다. 그렇게 한 발을 담근 채 얼어붙어 있다가 시 한 편이 길어올려질 때면 내게 그 시는 한줄기 햇살이었다. 몸과 마음에 얼어붙어 있던 얼음이 쩍- 하고 금이 가는 듯한 그 힘으로 한 걸음 더 나아가곤 했던 것도 같다.

비틀거리며 걷던 두루미는 제 본래 마음이 저 높은 창공을 향한 비상에 있음을 잊지 않았을 것이다.

한동안 움직이지 않았던 발목께가 무감하다. 발목께의 살얼음을 털고 다시 나아가야 할 때다. 오래 머물렀다는 건 떠날 때가 되었다는 것. 얼음덩이를 발목에 단 두루미가 날기 시작하는 때가 우연히 결정되는 것은 아닐 것이다. 제 안에서 시작하여 제 밖으로, 나아가기를 거듭하는, 그런 지지 않는 의지가 만들어내는 비틀거림으로 두루미 스스로가 방향을 세우고 한순간에 비상하는 것이리라.

얼음이 살 얼어들 때, 살얼음이 연한 속살에 파고들 때, 그 속살이 얼음에 닿아 있을 때, 존재는 뜨겁다. 발목께의 얼음에 금가는 소리가 들린다.

야, 일단 발부터 떼봐! 어디든, 여기 아닌, 다른 데면 돼!

에
세
이

눈꽃 산책을
하는 날

물그림자

찰찰 찰 가파르게 흐르는 세찬 여울은 제 속을 다 알 수
있을지 모릅니다. 물그림자가 없으니 말입니다. 조용히 머
무는 물만이 깊은 물그림자를 거느립니다. 물이 깊을수록
물은 제 속을 다 알지 못합니다. 물에 비친 물그림자까지가
제 속이기 때문입니다.

물그림자를 통해 보면 절벽조차 수묵水墨의 선처럼 부드
럽고 편안해집니다. 축 처진 채 시들어가던 나무도 물그림
자를 통해 보면 물에 흠뻑 젖은 흙내를 내며 싱그럽습니다.
물그림자 속에서는 모든 것이 비린 냄새를 풍기며 살아납
니다. 세상 가파르고 아픈 것들을 저리 순하게 보듬고 있으
려면 저 물은 얼마나 깊은 속앓이를 했을까요.

그런 물그림자는 빛이 순해지는 저물녘의 것이 제격입니다. 물에 빛이 내려앉아 물그림자를 피워내듯, 세월에 기억이 쌓여 자욱한 삶의 그림자를 피워냅니다. 빛에 가까울수록 그림자의 크기는 커진다지요? 사랑이 클수록 쌓인 기억만큼 우리도 그렇게 그림자를 거느리고 살아온 겁니다. 그리움이 늘 첩첩한 까닭입니다. 문득 그림자의 풍경이 깊고 그윽할수록 덜 외로운 사람이 아닐까, 생각해봅니다. 제 그림자에 깃들일 수 있을 테니까요.

　물이 고입니다. 빛이 쌓입니다. 그림자가 깊습니다. 그림자에는 그리움이 드리워져 있습니다.

시

네 기도를
내가 하는 날

누군가는 사랑이라 하고
누군가는 사랑이 아니라고 한다

　국도에 버려지는 순간에도 개는 주인을 향해 꼬리를 흔들었다 저를 버리고 떠난 주인의 차를 쫓아 수백 리 먼길을 달려 옛집을 찾아왔다 주인은 이미 떠났으나 개는 옛집 앞에 앉아 문이 열리기를 기다렸다 낯선 사람들이 쫓아내면 달아났다가 돌아왔다 몇 밤이 지나고 몇 달이 지났다 먹을 걸 찾아다니다 다시 돌아왔다 몇 번의 천둥이 치고 몇 번의 세찬 비바람이 불고 몇 번의 눈이 왔다 어느 겨울, 옛집 앞에서 개는 엎드려 자는 듯이 죽었다 밤새 흰 눈이 쌓였다 봄이 오자 그 자리에 개의 발이 새싹처럼 돋았다 수백 리 먼길을 달려왔던 발바닥에서 피가 흘렀다 붉은 꽃이 가려주었다 여름이 오자 개의 다리가 나무처럼 솟았다 수백 일을 기다리던 슬개골에서 진물이 흘렀다 장맛비가 씻어주었다 가을이 오자 주인을 쫓던 코와 귀가 벌어지고 펼쳐지더니 마침내 떨어져 쌓였다 흰 눈이 덮어주었다 또 어느 겨울, 옛집 근처를 지나던 주인이 눈사람처럼 솟은 땅을 보며 이건 뭐지? 우리 개를 닮았네, 혼잣말을 건네며 어루만졌을 때 그제야 개는 귀와 코와 다리와 발과 하염없는 기다림을 땅속으로 거둬들였다 환하게 녹아내렸다

끝내 실패할 수밖에 없는 외곬의 믿음, 너를 향한 나의

시

셋이서
미술관 가는 날

까치밥은 어디에?
—장욱진, 〈까치와 마을〉(1990)

침대에서 휠체어로
병원에서 요양원으로

흰 눈 모자를 덮어쓰고
발자국도 없이 허공에서 허공으로

자다 깨다 열다 닫다
오매 기다리다 몽매 살다

오래 매달려 야윌 대로 야윈
가까스로의 겨울 감

눈동자가 또랑한

까만 까치 한 마리가 곁에 앉자

왔구나, 날 위해!

에
세
이

홍시 샤베트를
만들어 먹는 날

맑고 멀고 그리하여 쓸쓸한

오랜 세월을 견디느라 누르스름해진 흰 봉투에는 '100'이라고 쓰인 흑백의 정약용이 거꾸로 붙어 있습니다. 그 위로 군청색 직인이 파랑波浪으로 일며 나부끼고 있습니다. 한결같이 똑바로 붙여진 우표가 없고, 발신란에도 주소가 없습니다. 수신란에는 물이 흐르는 듯, 애벌레가 기어가는 듯, 또 이렇게 쓰여 있습니다. "서울 서대문구 연희동 이화여자대학교⋯⋯"

이렇게 단 세 통의 편지를 보냈던 사람이 있었습니다. 연희동에는 이화여자대학교가 없어서 대현동 이화여자대학교로 꼬박꼬박 배달해주는 우체부 아저씨가 있었으니 그 사람이 있었던 겁니다. "끝별씨 주소만 쉬워 끝별씨에게만 모든 푸념을 늘어놓게 되어 미안!"하다는, 반드시 나에게는 아니었어도 좋았던, 단지 쉬운 주소 때문에 나에게 왔던 세 통의 편지가 있었으니 그 사람이 있는 겁니다.

우체부 아저씨와 세 통의 편지와 그 사람이 있었으니, 지금까지 읽었던 그 숱한 시들 중에서 백석의 「흰 바람벽이 있어」가 애틋하게 기억되는 것인지도 모르겠습니다. 그리하여 나는 백석을 이렇게 기억하기로 합니다. 키가 훤칠한, 적당히 마른, 이국적인, 댄디한, 결벽증이 있는, 머리가 좋은 그러나 약지 못한, 바람 같은, 집요하기도 한, 말이 많지 않은, 감각과 기교의 적정선을 알고 있는, 풍요와는 반대쪽에 머리를 두는, 다소 허무주의적인……

오늘 저녁 이 좁다란 방의 흰 바람벽에

어쩐지 쓸쓸한 것만이 오고 간다

이 흰 바람벽에

희미한 십오촉 전등이 지치운 불빛을 내어던지고

때글은 다 낡은 무명샤쯔가 어두운 그림자를 쉬이고

그리고 또 달디단 따끈한 감주나 한잔 먹고 싶다고 생

107

각하는 내 가지가지 외로운 생각이 헤매인다

　내가 기억하는 가장 아름다운 백석은 만주와 신의주를 헤매며 외로움과 적막 속에서 생계를 유지했을 때입니다. 무엇이 그로 하여금 당대 최고의 엘리트로서 보장된 안정된 삶과 고향과 애인을 떠나 그야말로 쓸쓸하고 외롭고 힘겨운 나날을 보내게 했던 것일까요?

　그 사람은 첫번째의 편지에서 이렇게 쓰고 있습니다. 모든 '관계'에서 떨어져나오느라고 이곳처럼 멀리까지 오게되었다고. 달빛이 가득한 대한해협 밤바다를 건너오면서도 막막하다고 느끼지 않았었는데, 이곳에서 정처 없이 이삼일을 지내니 비로소 막막하다고. 이곳은 하숙을 치는 곳도 없어서 오늘 간신히 방 하나를 빌려 비싼 밥을 사 먹으며 묵기로 했다고.

　그런데 이것은 또 어인 일인가
　이 흰 바람벽에
　내 가난한 늙은 어머니가 있다

내 가난한 늙은 어머니가

이렇게 시퍼러둥둥하니 추운 날인데 차디찬 물에 손을
담그고 무이며 배추를 씻고 있다

또 내 사랑하는 사람이 있다

내 사랑하는 어여쁜 사람이

어느 먼 앞대 조용한 개포가의 나즈막한 집에서

그의 지아비와 마조 앉어 대구국을 끓여놓고 저녁을 먹
는다

벌써 어린것도 생겨서 옆에 끼고 저녁을 먹는다

「흰 바람벽이 있어」는 백석이 만주를 떠돌던 시기에 쓴
시입니다. 이 시기에 시인은 낯선 타지에서 아내도 없고 아
내와 같이 살던 집도 없고, 부모며 동생들과도 떨어진 채 추
위에 떨며, 자신의 슬픔이며 어리석음이며를 소처럼 연하
게 되새김질하곤 합니다. 그러던 어느 날이었을 겁니다. 차
가운 몸을 부려둔 좁다란 방에는 십오촉 전등이 드리워진
'흰 바람벽'에 쓸쓸한 것들이 오가고 있습니다. 외풍이 심한
허술하면서도 남루한 객지의 삶을 떠올리게 합니다. 그 흰
바람벽은 텅 비고 바랜 영사막과도 같습니다. 백석은 그 바

람벽에 영사기를 돌리듯 지나온 자기 삶과 사랑하는 사람들을 떠올리며 회한에 젖고 있습니다. 그 막막한 슬픔은 '따끈한 감주나 한잔 먹고 싶다'라는 바램으로 절절하게 전달됩니다.

그 사람은 계속해서 쓰고 있습니다. 사면이 하얀 페인트로 잘 칠해진 깔끔한 방이라고. 한 면은 창이고, 한 면은 까만 옷걸이가 단정하게 박혀 있고, 그리고 또 한 면에는 문과 전기 스위치와 숙박 요금표와 '알림'이 붙어 있다고. 이곳으로 와서 오늘만 빼고 다 술을 마셨다고. 쓸쓸함이 그렇게 시켰을 것이라고. 그러나 '관계' 속에서의 쓸쓸함보다는 훨씬 담백한 것이라고……

싸구려 방의 흰 바람벽을 보며 혼자서 술을 마시고 있는 두 사람이 보입니다. 그들이 객지의 흰 바람벽에서 보았던 것은 모두 '쓸쓸'이라는 글자였습니다. 관계로부터 떨어져 나오느라 외딴곳으로 무작정 흘러들어와 바라본 흰 벽이 쓸쓸이었을 게고, 그 벽을 바라보며 혼자서 마시는 술의 맛이 쓸쓸이었을 것입니다. 나는 그들이 마음 깊은 곳에서 꺼

내 보인 '쓸쓸'이라는 글자가 정말로 한없이 쓸쓸하고 맑고 높다랗게 생겼다고 생각했습니다. 그 글자들은 금세라도 바스러져 그냥 혹 하니 사라져버릴 것만 같았습니다.

그런데 또 이즈막하야 어느 사이엔가
이 흰 바람벽엔
내 쓸쓸한 얼골을 쳐다보며
이러한 글자들이 지나간다.
─나는 이 세상에서 가난하고 외롭고 높고 쓸쓸하니 살
어가도록 태어났다
그리고 이 세상을 살아가는데
내 가슴은 너무도 많이 뜨거운 것으로 호젓한 것으로
사랑으로 슬픔으로 가득찬다
그리고 이번에는 나를 위로하는 듯이 나를 울력하는 듯이
눈질을 하며 주먹질을 하며 이런 글자들이 지나간다
─하늘이 이 세상을 내일 적에 그가 가장 귀해하고 사
랑하는 것들은 모두
가난하고 외롭고 높고 쓸쓸하니 그리고 언제나 넘치
는 사랑과 슬픔 속에 살도록 만드신 것이다

쓸쓸함이나 슬픔이나 외로움이라는 시어들처럼, 백석은 자신의 내면 풍경을 비유가 아닌 알몸의 언어로 드러내면서 흰 바람벽에 사랑하는 사람들 얼굴을 그려넣고 있습니다. 도란도란했던, 지금은 부재해서 더 그리움의 풍경들이었을 것입니다. 그러나 호젓한 슬픔으로 꽉 찬 이 흰 바람벽을 보며 시인은 자기 스스로를 세웁니다. 외롭고 쓸쓸한 것은 모두 그렇게 정해진 운명 때문에 불가해한 것이라고, 하늘은 오히려 사랑하고 귀하게 여기는 것들에게 외롭고 쓸쓸한 운명을 부여함으로써 사랑과 슬픔이 충만한 삶을 살아가게 한다고 스스로를 울력하면서. '그리고'라는 순접 접속사로 절망스럽고 무기력한 자신의 삶을 담담하게 받아내고, '그런데'라는 전환 접속사로 희망을 놓지 않으면서 자신의 삶을 북돋습니다.

그 사람은 또 이렇게 쓰고 있습니다. 나는 무얼 하려고 여기까지 멀리 와 이렇게 앉아 있는 것일지 생각하다보면 청춘의 하루가 또 저물어버린다고. 저녁때 밥을 먹으며 숟가락을 쥔 손을 내려다보는 일이 그렇게 서글플 수가 없다고.

맛도 없는 밥을 어기적거리며 먹는 꼴이 벌레 같기도 하다고. 벌써 가을이라 새벽이면 담요를 몸 위에 끄집어올려놓게 된다고. 거지가 다 되어, 바람과 적막이나 구걸하며 보내는 또 하루라고. 바람이 소나무들을 잡아 흔들고 창문을 흔들고, 마을 안으로 날아들어가는 기척도 적막하고, 통통배들이 바닷속을 가물가물 지나가는 소리 간간이 섞이는 게 또 그리 적막할 수가 없다고. 벌써 열흘쯤 되는 것 같은데 적막해질 때까지 기다리고 기다린 것 말고는 아무것도 한 것이 없다고……

초생달과 바구지꽃과 짝새와 당나귀가 그러하듯이
그리고 또 '프랑시쓰 쨈'과 도연명과 '라이넬 마리아 릴케'가 그러하듯이

백석이 흰 바람벽에 마지막으로 떠올려보는 것들은 "초생달과 바구지 꽃과 짝새와 당나귀", 그리고 "'프랑시쓰 쨈'과 도연명과 '라이넬 마리아 릴케'"였습니다. 마치 자신의 영화에 출연했던 주요 스태프진을 소개하는 엔딩크레딧처럼 말이죠. 호명함으로써 출현을 요청하는 주문처럼 말입

니다. 그러한 떠올림과 그와 같은 부름이 마치 작은 위안이라도 된다는 듯이, 조금이나마 스스로를 울력해준다는 듯이 말입니다. 그 사람도 세 통째의 편지에서 이렇게 마치고 있습니다. 쿤데라. 카프카. 루카치. 하우저. 본느프와. 네루다. 도스토옙스키. 정지용. 모딜리아니, 별, 물고기……

세상에는 나를 바라보고 사는 사람도 있고 내가 바라보며 사는 사람이 있습니다. 또 세상에는 내가 돌아가야 할 세계가 있고 결코 내가 도달할 수 없는 세계가 있습니다. 백석과 그 사람은, 자신으로부터 멀리 있는, 자신이 바라보며 사는 사람과 자신이 도달할 수 없는 세계를, 흰 바람벽을 통해 한없이 그리워했던 것은 아니었을까요. 그리워하기 위해 그렇게 외롭고 높고 쓸쓸하게 자기 스스로를 방치하면서 숨겼던 것일까요. 그러기에 그토록 외롭고 쓸쓸했던 건 아니었을까요. 백석이 자신의 삶을 '높다'라고 수식했던 것도, 그 사람이 그토록 '맑게' 기다릴 수 있었던 것도, 다 그런 까닭이었을 겁니다.

백석 시인을 떠올릴 때면 애연해지는 마음입니다. 일전

에 만난 적이 있다는 듯이, 한두 조끼의 맥주를 주고받은 적이 있다는 듯이, 껑충한 그의 옆구리께 붙어 걸어본 적이 있다는 듯이, 맑고 멀고 그리고 쓸쓸한 그의 뒷모습을 본 적이 있다는 듯이, 살갑게만 느껴지니 말입니다.

에
세
이

제일 따뜻한 옷을
입는 날

세상에서 제일 낮은 어깨를 닮은
서귀포 돌담

서귀포는 제주 남쪽 끝에 있다. 그래서 더욱 서귀포는 내게 우리나라에서 제일 따뜻한 바람이 불고, 우리나라에 제일 낮고 부드러운 풍광이 펼쳐지는 곳이다. 2004년 초겨울쯤이었을 것이다. 서귀포는 밀감 천지였다. 남쪽으로 열린 망망대해를 보며 익은 밀감이라서 그 맛도 그리 달고 깊고 시원한가보다. 조생旱生과 중생中生 밀감은 이미 수확이 끝났고, '햇서리'를 맞아도 몇 번은 맞았을 만생晩生 밀감의 수확철이었다.

이승만 별장과 프린스호텔 근처를 걷다 '서귀포 칠십리'에 이르렀다. 제주갈치조림 맛집을 수소문하던 중이었다. 나는 낯익은 이름의 '이중섭 거리'를 걷고 있었다. 서귀포 칠

십리를 걷다보면 만나게 되는 거리인데, 그 끝으로 신축의 이중섭미술관과 구축의 이중섭 살던 집이 이웃해 있었다. 1951년 1월, 이중섭은 전쟁을 피해 일본인 아내 마사코와 어린 두 아들 태성·태현을 데리고 원산에서 부산을 거쳐 서귀포에 이르렀다. 그리고 그해 12월까지 살았다. 1940년 경 이중섭이 일본에 유학하러 갔을 때 마사코를 만났고, 삼년 뒤 혼자 귀국해 이 년 정도 헤어져 있었다. 해방 직후 마사코는 사랑을 찾아 혈혈단신 현해탄을 건너왔다. 이중섭은 이남덕李南德이라는 한국 이름을 지어주고 그녀와 결혼했다.

이중섭미술관 뜰에서, 돌담에 둘러싸인 이중섭이 살았다는 초가집을 내려다보고 있었다. 그런데 그때, 조금 빠른 나무늘보처럼 할머니 한 분이 뒷마당에서 나오더니, 돌담가에 쪼그리고 앉아 오줌을 누고는 다시 뒷마당 쪽으로 천천히 사라졌다. 그 초가집도 미술관의 일부로 생각했었는데, 아뿔싸, 어엿한 살림집이었다. 쪼르르 뒷마당으로 뒤쫓아가 할머니에게 이것저것을 여쭸다. 피난 시절 이중섭 일가를 거두어주었다는, 백발에 후덕하기가 돌아가신 내 외할머니를 닮으신, 여든넷의 안주인 김순복 할머니였다. 그러니까 할머니가 서른쯤의 젊은 아낙이었을 때 이중섭 가족과 한집에서 살았다는 얘기다. 그러고도 반세기를 더 그 집에 그대로 살고 계시다니! 김순복 할머니는 이중섭을 말이 없고 얌전한 아주 순한 사람으로 기억하고 있었다.

이중섭 가족이 빌려 살았던 방은 초가집 오른쪽 끝에 우수리처럼 딸려 있다. 좀 전에 할머니가 쪼그리고 앉아 오줌을 누었던 구석진 돌담 끝이 바로 이중섭이네 방 앞이었다. 네 식구가 다리와 다리를 포개고 오종종히 살았던 한 평 반이 채 못 되는 방, 주인집에서 얻은 그릇과 수저와 이불과 된장이 살림의 전부였던 방, 피난민을 위한 식량 배급으로는 턱없이 부족했던 식구들을 위해 바다에 나가 게와 물고기를 잡고 해초를 캐 먹으며 살던 방이다. 그래도 마음만은 평화롭고 따뜻해 〈서귀포의 환상〉과 〈섶섬이 보이는 풍경〉과 〈게와 아이들〉과 〈황소〉 등의 불후의 명작을 그렸던 방, 장차 벽화를 그릴 요량으로 조개를 채집해 솜으로 싸두었던 방이다. 이후 궁핍을 피해 일본으로 돌아간 아내와 아이들 생각에 몸과 마음이 병들어갈 때 한없이 그리워했던 방이다.

전쟁중이었고 한없이 가난했으나 한겨울에서 한겨울까지 온 가족이 오순도순 살았던 서귀포에서의 일 년은, 이중섭 일생에서 가장 환하고 따뜻했으며 예술적으로도 열정과 영감이 넘쳐났던 시기였다. 이중섭이 그 좁은 방에 직접 써서 붙였다는 「소의 말」이란 시가, 그 당시를 재연하듯, 벽에 붙어 있다.

맑고 참된 숨결 나려나려

이제 여기 고웁게 나려

두북두북 쌓이고

철철 넘치소서

삶은 외롭고 서글픈 것

아름답도다

두 눈 맑게 뜨고 가슴 환히 헤치다

누구나 한 번쯤, 지지고 볶는 세상을 피해 이렇게 낯선 곳에 오롯이 사랑하는 사람을 데리고 무작정 귀순하고 싶은,

그 사랑에 따뜻한 바다와 섬과 바람이 바람벽이 되어준다면 더더욱 대책 없이도 망명하고 싶은, 그런 꿈 하나쯤은 마음 깊은 곳에 숨겨놓고 살기 마련이다. 역설적이게도 전쟁과 가난이 이중섭에게 그런 기회를 주었고, 이중섭은 이곳 서귀포에 자신만의 망명 임시정부를 세웠다. 전쟁과 이데올로기와 밥벌이로부터 멀리 떨어져나와, 우리나라에서 제일 햇빛이 많고 온화한 바람이 부는 이곳에서 자연과 사랑과 예술만을 살았다. 외롭고 서글펐으나 두 눈 맑게 뜨고 가슴 환히 헤치며 살았기에 아름다웠을 것이다. 궁핍했기에 빛났고, 짧았기에 더욱 찬란했을 것이다.

이중섭은 1956년 9월 6일, 마흔한 살의 나이에 세상을 떠났다. 적십자병원 영안실에 무연고자로 분류되어 삼 일간이나 방치되었다. "남들은 저렇게 바쁘게 열심히 사는데 나는 그림 그린답시고 놀면서 공밥만 얻어먹고 뒷날 무엇이 될 것처럼 세상을 속였다"라고 부끄러워했다. 그 부끄러움을 씻어내듯 거리를 쓸고 또 쓸었다. 음식도 먹으려 들지 않았다. 일본으로 건너간 아내와 아이들 사진을 꺼내보면서, 혼자 울면서, 그리움에 지쳐 아내와 두 아들의 목소리를 흉 내내며 혼자 대화하곤 했다.

　이중섭이 살던 단칸방을 둥그렇게 싸안고 있던, 김춘복
할머니가 오줌을 누곤 했던, 그 키 낮은 돌담에서 내가 봤던
것은 키 낮은 사랑이었다. 서귀포 수평선에 봉긋 솟은 섶섬
자락을 닮은 초가집 처마를 한사코 보듬고 있었던 돌담, 나
는 그 돌담에서 사랑의 어깨, 사랑의 팔베개를 보았다. 돌아
와 이런 시를 썼다.

　　서귀포 서귀동 512번지였던가
　　서귀포에 겨울비가 내리는 동안
　　중섭이네 네 가족이 살았다는 게뚜껑만한 방을
　　알을 슬듯 품고 있던 초가집 처마는
　　무작정 수평선 밑이 궁금한
　　섶섬 자락을 닮아가고 있었다
　　허술히 손을 푼 서귀포 중섭이네 돌담은
　　검게 젖은 처마의 눈 밑을 훔쳐주고
　　자꾸만 처지는 처마의 고개를 세워주며
　　서귀포의 수평선을 닮아가고 있었다

서귀포 이중섭이네 집에서 나는

빗물에 겨워 자꾸만 낮아지는 초가집 처마처럼

제 외로움에 겨워 오래 서 있었고

돌담은 내 생의 무거운 짐을 어깨에 메고

긴 팔로 나를 에워두른 채 서성였다

서귀포에 비 내렸다 그렇게 한평생을

게뚜껑보다 더 깜깜한 내 몸을 감싸안은 채

웅크린 언 발을 녹여주며

돌담처럼 우두커니

빗물에 불던 너의 신발

—「서귀포 돌담」

1월 21일

에
세
이

" ...... "

전생이 나무였을 것만 같아

　겨울 중 가장 추운 이즈음에 나는 태어났다. 양력으로 환산한 생일은 주로 1월이고, 1월에서도 소한에서 대한 사이일 때가 많다. 겨울 중에서도 한겨울에 태어난 셈이다. 내가 호환마마보다 추위를 더 무서워하는 이유를 나는 이 출생의 온도에서 찾고 있다. 그래도 태어난 시각이, 겨울 햇살이 한창 피어나는 정오 직전이라는 게 그나마 따스한 위안이다. 그래서였을까? 어릴 적, 한겨울의 화창한 날이면 앞마당이나 뒷마당에 드는 햇살을 쫓아다니며 놀았다. 한겨울 남녘 정오의 햇살이 몰고 오는 따스한 온기, 그런 온도를 평생 좇았던 듯도 하다. 놀다가 사르르 졸음에 자울거리던 어린 몸이 기억하는 온도이자 기울기였을 것이다. 따뜻한 곳에서 긴장이 풀릴라치면 어김없이 찾아오는 가물가물한

졸음은 내 최애의 순간들이다.

　나무에 죽은 자의 영혼이 깃든다고 생각하는 사람들이 있다. 아프리카 원주민 얘기다. 나무가 죽게 될 위기에 처하면 나무의 가지를 꺾어 새 나무에 접붙임으로써 나무에 깃들인 영혼을 무사히 대피시키기도 한다. 나도 나무에 영혼이 깃들어 있을 거라 믿는다. 그 영혼은 시간 그 자체이거나 시간으로 이루어져 있을 것이다. 그러니 나무가 뿌리를 내리는 곳도, 나무가 가지를 내뻗는 곳도 시간이다. 오래된 나무 아래 서면 우리가 하염없이 작아지면서 평화로워지는 건 그 나무가 살아내고 견뎌낸 긴 시간이 느껴지기 때문이다. 나 이전의, 나 이후의, 그리고 지금 내 기억 속에 잠긴 시간의 힘을 소환해주기 때문이다. 내 영혼이 나무에 깃들든 나무 영혼이 내게 깃들든, 내가 나무의 혈족이고 나무에 깃든 시간의 혈족인 것은 분명하다. 명리학자들도 내가 나무라 했으니 나는 한겨울나무겠다. 언 땅에 뿌리를 내린 한겨울 나무의, 늘 따뜻한 햇살을 그리워하는 향일성 나무의……

내 태자리도 동백나무다. 오래전에 썼던 "화단 모퉁이에 서른의 아버지가/우리들 탯줄을 거름 삼아 심으셨던/저 동백 한 그루"(「동백 한 그루」)라는 내 시구절이 그 증언이자 증거다. 태자리 때문일까. 나는 언제 어디서든 '내 나무'를 가장 먼저 발견하고, 언제 어디서든 가장 오래 기억하는 것도 그 '내 나무'다.

속 깊은 기침을 오래하더니

무엇이 터졌을까

명치끝에 누르스름한 멍이 배어 나왔다

길가에 벌罰처럼 선 자작나무

저 속에서는 무엇이 터졌기에

저리 흰빛이 배어 나오는 걸까

잎과 꽃 세상 모든 색들 다 버리고

해 달 별 세상 모든 빛들 제 속에 묻어놓고

뼈만 솟은 서릿몸

신경줄까지 드러낸 헝큰 마음

언 땅에 비껴 깔리는 그림자 소슬히 세워가며

제 명을 완성해가는 겨울 자작나무

숯덩이가 된 폐가肺家 하나 품고 있다
까치 한 마리 오래오래 맴돌고 있다
—「자작나무 내 인생」

수목장이 알려지기 전부터 나 죽어 자작나무 그늘에 묻히고 싶다고 생각한 적 있다. "나도 죽어 자작, 나무 되어/별을 먹은 나무 되고 싶다"(「또 하나의 나무」)라고 고백했을 때, 내 장지가 될 후생의 '또 하나의 나무'는 잘 풍화된 정강이뼈를 닮은 흰 자작나무였으면 했다. 이생에서도 「자작나무 내 인생」처럼 서 있지만 말이다.

졸참나무, 자작나무, 녹나무, 떡갈나무, 줄사철나무, 모과나무, 소나무, 십자가나무, 동백나무, 참나무, 대추나무, 때죽나무, 풋나무, 자두나무, 버드나무, 오동나무, 아카시아, 감나무, 대나무, 으름나무, 그리고 또 후라나무, 베르톨레티아나무, 허공의 나무, 연리지, 끝에 선 나무, 끝없는 나무…… 내 시에 등장하는 나무 이름들이다. 전생들이었을까? 아니라면 후생?

그러고 보면, 한겨울나무인 내게 시를 쓴다는 건, 한겨울
정오 직전의 온도를 기다리는 일이었다. 내가 빌을 딛고 있
던 곳은 이런저런 까닭에 대체로 한겨울인 채로였으나, 한
편의 시를 떠올리거나 한 편의 시가 쓰일 때마다 겨울 햇살
을 받는 듯 온몸이 데워지곤 했다. 그 온도에 대한 기억, 그
온기에 대한 기대가 아니었으면 지금 이곳의 한겨울은 한
없이 춥기만 했을 것이다.

방금 시 한 편이 왔다, 정오를 향해가는 남도의 나른한 한
겨울 햇살처럼. 점심은 아직이고 아침밥은 이미일 때, 물 묻
은 손을 훔친 엄마가 양푼에 담아 건네주셨던, 김이 모락모
락하는 다디단 찐 고구마를 받아든 기분이랄까. 통영이나
여수나 강진 어디쯤, 남녘의 끝 한려수도에서 먹었던 졸복
국이나 짱뚱어탕이 먹고 싶어진다.

나는 벌써, 겨울 햇살을 받고 선 남녘의 한겨울 동백 한
그루가 된다.

시

흰 아홉 꼬리를
다듬는 날

함박눈이 그렇게
백색의 점묘화를 그리던 한밤 내

그래 우리는 둘이서

함박눈이 한밤의 길바닥에
번지는 잉크처럼
점점이 검은 그림자를 피웠다 사라지는 걸 보았지

가로등 아래서

흰 점 한 점은 다다다
흰 점 만 점은 더더더
뜨겁게 그을린 내력 위에 살그머니 내려앉자

금세 지워지는 한 번의 생

무슨 자서전이길래 저리 하얗게 지우려는 붓끝일까

먼 데서 온

한 편의 시처럼

그것참 행간 깊은

에
세
이

뜨거운 뱅쇼를
마시는 날

내 청춘의 격렬비열도

내가 아직 이십대였을 때, 격렬비열도를 꿈꾼 적 있다. 격렬비열도를 처음 들었을 때 '격렬激烈'하고 '비열卑劣'한 그런 무인도를 그렸다. 억압하려는 그 누구도 받아들일 수 없는, 통제하려는 그 무엇과도 타협할 수 없는, 그래서 막되고 난폭한, 격렬한 사랑과 비열한 청춘의 메타포였다고나 할까.

내가 처음 격렬비열도를 가본 건, 파고波高가 이 내지 삼 미터로 일어섰다 부서지는 파도 소리 속에서였다. '라라 크래커'를 먹으며, 열기와 치기로 얼룩진 청춘을 '리플레이'하면서 밤새도록 음악을 듣고 싶었다. 그런 격렬비열도는 혼자여야 마땅하다.

드뷔시의

기상 개황 시간

나는 툇마루 끝에 앉아서

파고 이 내지 삼 미터에

귀를 씻고 있다

만경창파萬頃蒼波

노을에

말을 삼킨

발자국이 나 있다

술 마시러 갔을까

너 어디 갔니

로케트 건전지 위에 결박 지은

금성 라디오

한번 때려 끄고

허리를 돌려

등뼈를 푼다

가고 싶은

격렬비열도

(요즘 라라 크래커는 왜 안 나오지?)

—장석남, 「격렬비열도」

저물녘의 격렬비열도다. 파고가 이 내지 삼 미터로 일어섰다 부서지는 파도 소리를 들으며, 커다란 '로케트 건전지'에 결박당한 '금성 라디오'에서 흘러나오는 드뷔시 음악이 깔린 기상 개황槪況을 듣고 있다. 파도는 치고, 노을은 밀려오고, 바다는 끝이 없고, 곁에는 아무도 없고…… 로케트 건전지에 묶인 금성 라디오 하나를 푯대 삼아 하루를 아니 한 시절을 막막하게 망명했던 시인은 슬슬 술이 그리워지나보다. 뭔가 격렬한, 뜨거운, 뭉클한 것들이 그리워지나보다. 그렇게 그리운 모든 것이 '격렬비열도'라는 이름에 뭉쳐있다.

'서해의 독도'라 불리는 섬. 북격렬비도를 머리 삼아 두 날개를 펼친 듯 동격렬비도와 서격렬비도가 있고 더 작은 부속 도서 몇 개를 거느린 섬. '열을 지어 날아간다'라는 '격렬비格烈飛'와 '늘어선 여러 섬들'이라는 열도烈島를 더해 이름지어진 섬. 사람이 살지 않아 정기 여객선이나 유람선으로는 갈 수 없는 섬. 그러나 낚싯배를 통째로 빌리거나 낚시 리조트의 쾌속정에 승선 정원이 모이면 갈 수 있는 섬……

그리고, 둘이라서 격렬한 격렬비열도에 가본 적이 있다. 배는 끊기고 눈은 푹푹 내리는 겨울 중에서도 한겨울이어야 마땅하다. 무인도니까, 조난이라도 당한 듯 고립되어야 안성맞춤이다.

너를 껴안고 잠든 밤이 있었지, 창밖에는 밤새도록 눈이 내려 그 하얀 돛배를 타고 밤의 아주 먼 곳으로 나아가면 내 청춘의 격렬비열도에 닿곤 했지, 산뚱 반도가 보이는 그곳에서 너와 나는 한 잎의 불멸, 두 잎의 불면, 세 잎의 사랑과 네 잎의 입맞춤으로 살았지, 사랑을 잃어버린 자들의 스산한 벌판에선 밤새 겨울밤이 말달리는 소리, 위구르, 위구르 들려오는데 아무도 침범하지 못한 내 작은 나라의 봉창을 열면 그때까지도 처마 끝 고드름에 매달려 있는 몇 방울의 음악들, 아직 아침은 멀고 대낮과 저녁은 더욱더 먼데 누군가 파뿌리 같은 눈발을 사락사락

썰며 조용히 쌀을 씻어 안치는 새벽, 내 청춘의 격렬비열

도엔 아직도 음악 같은 눈이 내리지

—박정대, 「음악들」

서로를 껴안고 잠이 든 그 한밤 내내, 하얀 눈이 펄펄 내리고, 펄럭이는 그 흰 돛배를 타고 둘이는 불멸과 불면, 사랑과 입맞춤으로 꽃핀 격렬비열도에 닿곤 하리라. '닿곤' 하는 걸 보면 격렬비열도의 장기 체류자이리라. 아무도 침범하지 못하는 '내 작은 나라', 그 작은 나라의 봉창을 열면 처마에 맺힌 고드름 끝으로 몇 방울의 음악이 매달려 있고, 그 음악은 사락사락 누군가가 '눈발을 써'는 소리와 '쌀을 씻는' 소리를 낸다. 그런 음악 같은 눈이 아직도 내리고 있다는 내 청춘의 격렬비열도! 이것으로 시인은, 지나간 사랑을, 지나간 청춘을, 다 말해버린 거다!

청명한 날이면 중국 산둥반도의 개 짖는 소리가 들린다는 허풍이 허풍만은 아닐 듯한 서해 끝에 격렬비열도는 흩어져 있다. 불멸과 불면과 불안의 세 봉우리로 솟아 적막한 눈빛으로 서쪽 끝 수평선을 바라보고 있다.

망망하고 막막한 것들을 향한 멀미,

일렁이고 울렁이는 것들로부터의 멀미,

청춘의 파고 끝, 사랑의 파고 끝을 예감하는 멀미!

서쪽 끝을 향한 바닷새들의 날갯짓과, 파도의 일렁임과, 끝 모를 바람이 격렬비열도의 적막한 고독을 키웠을 것이다. 그래서일까. 격렬비열도 근해에서 잡힌 조기와 전어 맛이 기가 막힌 이유 말이다.

단독자의 적막한 고독과 맞대면하고 섰을 때라야 갈 수 있는,

사랑과 입맞춤으로 우리 둘만이 꽃피울 수 있는,

초과의 사랑과 잉여의 낭만을 나란히 잇대놓았을 때라야 볼 수 있는,

나는 저 격렬비열도에 가본 적이 있다.

저 격렬비열도에 갈 수 있는 한, 가보고 싶은 한, 나는 여전한 청춘일 것이다.

에
세
이

동네책방
가는 날

철길이 철길인 것은

철길에 서면 그립습니다. 어딘가로 데려다줄 것 같은, 어딘가로 떠날 수 있을 것만 같은, 설렘과 두려움이 나란히 나란히 긴 그리움을 끌고 갑니다.

오래된 다리를 건너면 열두 살의 조그만 역이 있었습니다. 역사 너머로 쇠비린내를 풍기던 머나먼 철길은 미지의 미아처럼 뻗어 있었습니다. 철길을 따라 달리는 서울행 기차에 몸을 실었을 때, 이제 더이상 철길은 하늘에 닿는 사다리도, 바다에 이르는 다리도 아니었습니다.

교문을 나와 오른쪽으로 조금만 내려가면 스무 살의 간이역이 있었습니다. 그 너머로는 술 익는 냄새를 풍기는 철길이 난만한 낭만 청춘을 향해 길게 뻗어 있었습니다. 철길에 따라 도망치듯 기차에 몸을 실으면 최루탄도, 구호도, 투쟁도 없는 곳에 당도할 수 있었습니다.

마을버스를 타고 열댓 정거장을 가면 쉰 살의 커다란 역이 있었습니다. 창문 너머로 철그럭 척척 철그럭 척척 숨차게 달려가 그 기차를 타곤 했습니다. 밥벌이 가방을 메고 헐레벌떡 기차에 몸을 싣고는, 허기진 배를 채우듯 토막잠 속 이상한 나라에 빠져들곤 했습니다.

철길은, 늘 그렇게, 서로 다른 두 길이 잇대져 있습니다. 한 길은 여기에, 다른 한 길은 저기에. 저기가 없는 여기나 여기가 없는 저기는 얼마나 지루하고 지독할까요? 철길이 철길인 것은 여기 한 길이 저기 다른 길을 이끌고 있기 때문입니다. 어느 길이 내 길일까요? 어느 길이 네 길일까요?

오늘도 철길은 휘돌아갑니다. 지구가 둥글기 때문이라구요? 그러니 멀리멀리 떠났다가 에돌아 다시 돌아올 것만 같습니다. 헤어졌다가도 다시 만날 수 있을 것만 같습니다.

철길이 철길인 이유일 겁니다. 아홉 살의, 스무 살의, 그리고 쉰 살의 철길들처럼요.

　철길은 늘 멀리 가기 위해 기다림으로 제 길을 비워놓고 있습니다. 어떤 간절한 기다림도 들여다보면 이제 곧 서둘러 떠나야 할 철길에 지나지 않는다고……

에
세
이

"오늘은 뭐 할까?"

과골삼천踝骨三穿, 휘리릭

'과골踝骨'은 복사뼈를 이른다. 발목마다 안복사뼈와 바깥
복사뼈가 있으니 우리는 네 개의 복사뼈를 가지고 있다(실
은 안팎이 하나인 통뼈이니 두 개가 맞다). 어떤 퇴화 혹은 진
화의 흔적일까? 안팎으로 툭 튀어나온 이 복사뼈의 용도가
궁금했던 적이 있다. 의자에 두 발을 올려놓고 책상다리로
앉아 무심결에 복사뼈를 만지작거리다보면 '세 번 뚫(린)다'
라는 삼천三穿이라는 말이 떠오르곤 한다. 과골삼천, 그러니
까 복사뼈에 세 번이나 구멍이 뚫린다는 이 말인즉슨,

　다산 정약용이 강진 산방山房에서 밤낮으로 책상을 끼고
앉아 저술에 힘쓸 적, 책상다리 이십 년 동안 방바닥에 닿은
바깥복사뼈가 세 번이나 짓물렀다는 일화에서 비롯된 말이

과골삼천이다. 밥상이나 앉은다리책상을 쓰며 좌식 생활을
하던 어린 시절, 특히 겨울철이면 바깥복사뼈가 뜨거운 온
돌식 방바닥에 닿아 '익은 데가 또 익어' 벌겋게 뺀질거렸던
경험이 내게도 있다. 강진 산방에 군불을 너무 땠던 건 아닐
지 의구심이 일기도 하지만(이건 농담이다!), 겨울 여름 없
이 책상다리를 튼 채 밤낮 없이 앉아 있다보면 바깥복사뼈
가 남아나지 않을 성싶긴 하다.

　　많은 시인이 '한 소식'을 듣거나 '그분'이 오시는 시간으로
한밤중을 지목하곤 한다. 시쓰기 딱 좋은 시간일 것이다.
그러나 나는 자정을 넘어 시를 써본 기억이 아득하다. 잠을
자야 버티는 저질 체력과 낮에 일을 해야 하는 직업적 조건
속에서, 아이가 잘 때 그러니까 밤에 자두지 않으면, 내일
하루를 기약할 수 없었다.

　　그러다보니 아이들과 함께 집을 나오는 아침부터 아이들
과 집에 들어가는 저녁까지가 대략의 내 시간이다. 그 시간
중에서도 밥벌이하는 시간을 빼고 나면, 정작 시쓸 시간이
많지 않다. 그러나, 궁窮하면 통通했다. 나는 벌건 대낮에도

한 소식을 듣고 그분을 맞이하기도 한다. 대낮의 밥벌이터에서, 과골삼천의 자세로 의자에 앉아, 몸은 그대로 두고 영혼(마음이나 머리나 정신이 아니라 정말 영혼이었으면 한다!)만 휘리릭 날아다닐 수 있는 순간들을 터득했으니.

휘리릭, 하는 순간 나는 숨도 안 쉬는 것 같다, 돌아와 길게 한숨을 쉬는 걸 보면. 휘리릭, 하는 순간 나는 마치 딴 세상을 다녀온 것만 같다, 돌아와 주위를 두리번거리게 되는 걸 보면. 휘리릭, 하는 순간 나는 내 영혼의 절정에 이르렀다 온 것만 같다, 돌아왔을 때 상기된 표정을 보면. 그 휘리릭, 하는 순간이 내게는 최고로 집중하는 시간이자 최강의 에너지가 응집되는 시간이다. 휘리릭, 하는 순간 나는 비상 혹은 잠수한다. 그렇게 시는 내게 휘리릭, 온다.

그러니 내가 할 수 있는 일이란, 불현듯 휘리릭 할 수 있도록 과골삼천의 마음으로 기다리는 일. 두서없는 일상에서 두서없는 파편들로 모아두었던 시의 씨앗들이 휘리릭하는 순간을 기다리는 일.

이 과골삼천은, 강진 시절의 다산이 임술년에 처음 만났던 어린 제자 황상에게 당부했다는 삼근계三勤戒와 짝패를 이루는 말이기도 하다. 한 갑자 지나, 다시 돌아온 임술년에 황상은 육십 년 전 스승의 가르침을 기억하며 기록했다. "둔하고 막히고 답답한 제가 공부할 수 있겠습니까"라고 열다섯 살의 제자 황상이 묻자, 마흔한 살의 스승 다산은 이렇게 대답했다고 한다.

　"배우는 사람에게 큰 병통이 세 가지 있는데, 네게는 그것이 없구나. 첫째, 외우는 데 민첩하면 그 폐단이 소홀한 데 있다. 둘째, 글짓기에 날래면 그 폐단은 들뜨는 데 있지. 셋째, 깨달음이 재빠르면 그 폐단은 거친 데 있다. 대저 둔한데도 천착穿鑿하는 사람은 그 구멍이 넓어지고, 막혔다가 뚫리게 되면 그 흐름이 성대해지며, 답답한데도 연마하는 사람은 그 빛이 반짝이게 된다. 천착은 어떻게 해야 할까? 부지런히 해야 한다. 뚫는 것은 어찌하나? 부지런히 해야 한다. 연마하는 것은 어떻게 해야 할까? 부지런히 해야 한다. 네가 어떻게 부지런히 해야 할까? 마음을 확고하게 다잡아야 한다."

— 황상, 「임술기」

   천생 시인이 못됨을 일찍이 자각하던 내게 이 글은 큰 힘이 되었다. 둔하고 막히고 답답한 내가 좌표로 삼기에 안성맞춤인 문장이다. 이쪽저쪽 돌아보지 않고 삼근三勤하면, 그러니까 부지런하고 부지런하고 부지런하면 통하고 뚫리고 풀릴 수 있다니 믿어볼밖에. '천착'은 그렇게 하는 것이라니 그렇게 천착해볼밖에. 올바른 자기 나름의 한 방편을 찾아 평생을 두고 반복하고 또 반복하는 것이 수련의 기본이라는 일기입공一技入功이라는 말이 괜히 있겠는가.

   계속 시를 쓸 수 있을까? 더 좋은 시를 쓸 수 있을까? 이런 막막한 물음 앞에서 오늘도 민첩하려 하고, 날래려 하고, 깨달으려 조급해하는 스스로에게 답한다. 과골삼천 휘리릭으로 삼근할밖에!

에
세
이

낮과 밤을
거꾸로 사는 날

유리병에 시를 모아 담는 마음으로

오래전에 봤던 뮤직비디오에서였다. 한 남자가 한 여자를 잊지 못해 괴로워하며 편지를 쓴다. 유리병 속에 편지를 넣고 코르크 마개로 봉해서 바다에 던진다. 편지가 담긴 유리병이 먼바다로 넘실넘실 나아간다. 시간이 흘러, 그 남자가 잊지 못하던 그 여자가 다른 남자와 배를 타며 (신혼)여행을 즐기다가 바다에 뜬 유리병을 발견한다. 그 여자는 코르크 마개를 열고 편지를 읽는다. 여자의 두 눈이 글썽이는 데서 뮤직비디오는 끝이 났다. 나는 못내 그 편지의 문장들이 궁금했다.

유리병 속 편지를 상상하다가 영화 〈병 속에 담긴 편지 Message in a Bottle〉(1999)가 떠올랐다. 이혼 후 어린 아들을 키우며 사는 한 여자가, 바닷가를 조깅하다 모래사장에 묻혀 있던 유리병 속의 편지를 읽게 된다. 편지는 죽은 아내에게 보내는 한 남자의 절절한 사랑과 그리움을 담고 있었다. 그 여자가 편지를 쓴 남자를 찾아 나서면서 이 두 남녀의 새로운 사랑이 시작된다. 그러나, 가까스로 사랑이 시작되는 순간 예기치 못한 사고로 그 남자가 죽는다. 그리고 그 여자는, 자신과의 새로운 사랑을 고백하며 죽은 아내에게 마지막으로 띄워보내려 했던, 그러나 미처 띄워보내지 못한 그 남자의 유리병 속 편지를 읽게 된다. 이제 그 여자에게 남은 것은 유리병 속 편지들뿐이다.

이렇게 유리병 속 편지로 시작된 사랑은 마지막 유리병 속 편지로 끝이 난다. 죽은 아내를 향한 그리움을 병 속에 담아 바다에 띄워보내는 한 남자에게도, 우연히 병 속에 담긴 편지를 발견하고 그 편지에 담긴 사랑에 감동하는 한 여자에게도, 병 속에 담긴 편지는 반드시 기록되어야만 하고 기어코 쓸 수밖에 없는 간절함 그 자체였다.

유리병 속에 담긴 시는 절체절명으로 절박하다. 유태인

시인 이작 카체넬존(1886~1944)은 1943년 10월 프랑스 작은 도시 비텔의 유태인 특별 수용소에 감금되었고, 그곳에서 자신이 겪은 '바르샤바 게토 봉기'와 유태인 학살 현장을 피를 토해내듯 기록한다. 4행 15연으로 구성된 열다섯 편의 장시였다. 죽음의 목전에서 유태인들이 겪은 지옥 같은 현실을 시에 담았다. 그러고는 1944년 5월에 아우슈비츠 수용소로 이송되어 곧장 가스실로 갔다. 아우슈비츠로 끌려가기 직전, 이 시들을 깨알같이 베껴써서 총 여섯 부를 만들어 그중 한 부를 유리병 속에 넣고 특별 수용소 마당의 전나무 뿌리에 묻었다. 다른 한 부는 얇은 종이에 베껴써서 여행용 가방 가죽 손잡이에 넣어 꿰맸고, 또다른 한 부는 종이 연으로 담장 밖 창공을 향해 날리기도 했다. 이렇게 살아남은 시들은 '뿌리 뽑힌 유태인의 큰 노래'라는 부제가 달린 『유리병 속의 편지』라는 제목으로 1945년 파리에서 출간되었다. 카체넬존이 유리병 속에 담았던 시편들은 유태인의 수난과 나치의 폭력을 세상을 알리려는 의지였다. 죽음을 넘어서는 진실의 상징이었다.

우리에게 잘 알려진, 1960년대 반전 평화운동 가수 조안

바에즈가 불렀던 〈도나 도나Donna Donna〉의 노랫말도 카체 넬존의 시였다. '도살장에 끌려가는 소'에 아우슈비츠로 끌려가는 자신과 가족과 유태인의 운명을 비유하면서 '이랴~'와 '주여!'라는 중의적 의미로 'Dona Donna'를 절박하면서도 처연하게 부르고 있다.

그리고 파울 첼란(1920~1970)의 유리병 속 시가 있다. 첼란은 1958년 브레멘상 수상 기념 강연에서 시를 '유리병 속에 담겨 바다에 던져진 편지'에 비유했다. 편지를 유리병 속에 담아 바다에 던지듯, 낯선 땅의 미래 독자에게 전달될지도 모른다는 기대가 담긴 게 바로 자신의 시라고 했다. 지금-여기의 독자들을 넘어 다음-저기의 독자들을 위해 시를 쓴다는 의미다. 누가, 언제, 어디서 받아볼지 모르지만, 언젠가 누군가가 반드시 받아볼 것이라는 희망으로 자신의 시를 세상이라는 망망대해에 띄워보낸다는 의미이기도 하다. 파울 첼란은 시간이나 공간에 의한 막막한 우연을 견뎌내고도 살아남는 필연에 자신의 언어를 세우고자 했던 것이리라.

두 세기를 앞서, 우리에게도 원조 유리병 속 편지가 있다. 이광사李匡師(1705~1777)의 밀랍 표주박 속의 글이 그것이다. 이광사는 명문·명필가다. 소론계였기에 벼슬길에 나가지 못한 채 살다가 51세 때 나주벽서사건에 연좌되었다. 사형 직전에 그의 뛰어난 글재주가 아깝게 여겨져 구사일생으로 함경도 회령에 유배되었다. 귀양을 가서도 그는 자신의 전부였던 글을 놓지 않았다. 그의 글을 받으려는 문인들이 유배지까지 모여들자 다시 남쪽 끝 완도군 신지도로 유배되었고 그곳에서 불우한 일생을 마쳤다.

죽을 때까지 절해고도 신지도를 벗어나지 못했던 이광사는 박을 길러 그 박의 속을 파낸 뒤 자신이 쓴 글을 집어넣고는 밀랍으로 주둥이를 봉해 바다에 던지곤 했다. 그 밀랍 표주박을 파도에 실어 먼바다로 흘려보내며 그는 이렇게 말했다. "같은 글을 쓰는 땅에서 얻어 보는 자가 있어, 바다 동쪽에 이광사가 있음을 알면 족하다同文之地 有獲而見者 知海東有李匡師 足矣"!

글을 쓰다가 박을 심고, 다시 글을 쓰다가 박 속을 파 박을 말리고, 또다시 글을 쓰다가 밀랍으로 밀봉한 표주박을 바다에 던지는, 고집 센 고독한 글쟁이의 일상이 영화의 한 장면처럼 그려졌다. 그 하루하루가 얼마나 적적하고 얼마나 막막했을까. 그 하루하루를 산다는 것 자체가 형벌이었을 것이다. 숨막히는 절대고독을 견디기 위해 그는 글을 쓰고, 글을 쓰고, 글을 썼을 것이다. 그 불우에 먹히지 않기 위해 박을 심고 박 속을 파고, 그렇게 쓴 글을 박에 넣고 박을 밀봉해 바다에 던지곤 했을 것이다.

'내게 시란 무엇인가'를 생각하다 마음속 유리병들을 따라 여기까지 왔다. 숯보다 깜깜하고 피보다 절절하고 바다보다 막막했을, 그리하여 유리병에 담을 수밖에 없었던 마음들을 따라서. 오늘도 어느 기슭에서 봉인한 유리병을 묻거나 띄워보내고 있을 절벽의 마음들을 따라서. 시는 그런 마음 자락에서 새나거나 터져나는 것일 게다.

그리고 방금 읽은 계간 문예지의 한 문장 앞에 멈춰 선다. "여전히 섬세하면서도 날카로운 통찰에, 노년의 지혜가 더해진 정갈하고 아름다운 시편들이다. 시인이 조용한 사랑으로 돌아보며 그려가는 삶의 장면들, 사물의 모습들은 깊고 따뜻한 성찰이 스미면서, 하나하나 뚜렷이 떠올라 제 아름다움을 얻는다." 그리 화려하달 것도, 그리 날카롭달 것도 없는 문장인데 오래 머문다. 미래의 내 시를 그려봤을 것이다. 시를 쓰는 한, 유리병이든 표주박이든, 그 속에 시를 넣어 내일에 띄우는 고독과 절박의 마음으로 지금의 시를 쓸 수 있기를.

이 글을 쓰는 내내 짐 크로스의 〈Time in a Bottle〉을 듣고 또 듣는다. 이 노래 속 '시간'을 '시'로, '당신'을 '독자'로 바꿔 들으면서.

If I could save time in a bottle
The first thing that I'd like to do
is to save every day 'til eternity passes away
just to spend them with you
If I could make days last forever
If words could make wishes come true
I'd save every day like a treasure and then,

Again, I would spend them with you

시간을 병 속에 담아 모을 수 있다면

제일 먼저 하고 싶은 일은

매일 매일을 모아두는 일이죠 영원이 지나갈 때까지

당신과 그 시간을 보내기 위해

영원히 세월을 지속시킬 수 있다면

말만으로 소원이 이루어질 수 있다면

매일매일을 보물처럼 모을 거예요 그리고,

역시, 그 시간을 당신과 함께 보내겠어요

시

대청소를 하는 날

고로쇠 한철

눈 내린다
저물녘 젖은 눈이 내린다

먼 길 날아온 눈송이가 나뭇가지에 몸을 눕히자
마른 나뭇가지가 지친 눈송이를 힘껏 끌어안았다

눈송이는 지난겨울에 스며들었던 제 가지인 줄 알았고
나뭇가지는 지난봄에 놓쳤던 색 바랜 제 꽃잎인 줄 알았다

내 눈에 네가 들 때처럼

눈이 쌓인다

겹겹의 눈에 밤이 쌓인다

눈송이가 제 몸 녹여 나뭇가지를 적시고
나뭇가지가 제 몸 얼려 눈송이를 떠받칠 때

아름다운 문장 하나가
흰 수정테이프 아래 감춰졌다

감춰진 눈송이와의 겨울 이야기가
봄이 되면 수액으로 새어날 것이다

에
세
이

별자리 운세를
보는 날

사랑은 어떻게 오는가

사랑은 밀려온다. 막 밀려온다. 그리고 저 꽃들처럼, 저 단풍처럼, 저 바람처럼, 저 물결처럼, 그리고 보이지 않는 저 음악처럼 온다. 잠결에도 막 밀려오는 것이어서, 사랑은 잠의 품속에서도 부화하는 것이고, 굳이 언어의 옷을 입지 않아도 그 자체로 시인 것이다.

무작정 밀려오는 것이기에 사랑은 무작정 끌리는 것이다. 무작정 끌리는 그 매혹의 본질이 무엇인지는 알 수 없다. 돈이나 권력이나 외모가 작정의 조건은 될 수 있을지언정 무작정 조건은 아니다. 무작정은 눈멂 없이는 불가능한 일이다. 비밀스럽고 열정적인 자석과 같은 감정이기에 그렇다. 그런 사랑은 눈이 먼저 머는 일이고, 현실 그대로의 사람이 아닌 현실에서 내가 '창조한' 사람을 사랑하는 것임이 분명하다. 그러기에 사랑은 발명이고 창조다.

  사랑은 소유하고 싶은 열망이다. 그 열망은 생명처럼 자란다. 그 열망은 결코 완전하게 충족되지 않는다. 충족되는 순간 새로운 결핍에 눈뜨게 되기 때문이다. 그래서 사랑은 허기다. 허기진 사랑은 압도적이면서 강렬하게 우리를 사랑의 노예로 만들곤 한다. 육체적 열망이 허기를 채워주기도 하지만 역설적으로 더욱 허기지게 한다. 열망은 내 것이 되, 열망의 대상은 늘 '내 것이 아닌' 우리의 외부에 있는 타자들이기 때문이다.

  그리고 사랑은 우리를 불안하게 한다. 매혹적인 만큼 사랑은 변하기 쉽고 깨지기 쉽다. 상반된 감정을 불러일으키는 사랑의 불합리성에 대한 두려움, 이 불합리한 감정이 이성의 힘에 제어되지 않는다는 것에 대한 두려움이 사랑을 불안하게 한다. 또한 불안은 균열을 키운다. 서로의 경험이 다를 수밖에 없고, 서로의 열망 또한 지속해서 맞아떨어진다는 건 불가능한 일이다. 이 불안과 균열을 견뎌내지 못할 때, 사랑은 사랑이기를 그친다. 불안과 균열이라는 사랑의 어두운 반쪽을 보듬어 안을 때 사랑은 지속 가능하다.

그런 사랑이라면 결코 완성되지 않을 것이다. 사랑은 밤과 죽음 속에서만 영원히 지속될 수 있다고 했던 이가 바그너였던가. 사랑이란 증식하는 욕망이고 복제하는 결핍이다. 비어 있는 중심이고 멀어지는 눈이다. 주체만 있을 뿐 대상은 대체로 부재한다. 그래서 사랑이 축복받은 과정이고 저주받은 진행형인 까닭이고, '사랑의 대가大家'임을 자처하는 사람이 바람둥이거나 사기꾼인 까닭이다.

내가 사랑의 금치산자가 아닐까 자문할 때가 있다. 이런 자문의 뿌리는 내가 사랑을 믿지 못했다는 것. 오만했다는 것. 분석했다는 것. 오체투지 못했다는 것. 미치지 못했다는 자각에서 비롯된다. 사랑을 몰랐던 스무 살에 나는 이런 어설픈 질문을 하곤 했다. 사랑을 위해 죽을 수 있어? 그래야 사랑이라고. 마흔 살에 나는 이렇게 물었다. 저 불덩이를 가슴에 담을 수 있어? 그래서 사랑이라고. 지금 나는 이렇게 묻고 있다. 사랑을 지켜낼 수 있어? 그게 사랑이라고.

그리하여 사랑에 빠진 사람에게 사랑은 권력이다. 그것
도 절대적인! 그 사랑이 우리 삶을 빛나게 하는 아름다운 권
력이기를 꿈꾸어본다. 우리 운명을 결정하는 보이지 않는
사랑의 힘과 사랑의 메시지들로 이 세상을 꽉 채울 수 있다
면…… 이렇게 말이다, "내 사랑 내 귀에 속삭였네/"사랑은
나의 권력"/나는 내 사랑의 귀에 속삭이네/"내 권력이 약해
지지 않도록""(정현종, 「사랑은 나의 권력—페테르부르크 시
편 2」)!

실은 사랑을 빌려 시를 얘기하고 싶었다.
그러니 사랑이여, 시여, 우리의 권력이 약해지지 않도록!

에
세
이

예쁜 말을 나누는 날

우리 마음을 '설'게 나누는, 설날!

우리나라, 우리 동네, 우리집, 우리 가족…… '나'를 써야
할 자리에 우리는 '우리'를 쓰곤 한다. 우리가 자주 쓰는 한
겨레, 한동네, 한 가족, 한솥밥, 한자리 등의 '한'에도 '우리는
하나이고 우리는 크다'라는 '우리'의 공감과 연대와 공동체
의식이 담겨 있다. '나'보다 '우리'를 앞세우는 게 우리의 의
리고 우리의 자세다. 이런 '우리'나 '한'만큼 우리가 휘뚜루마
뚜루 쓰는 말이 또 '마음'이다. 마음을 읽고 마음에 들고 마
음을 나누고 마음을 쓰는 게, 우리의 일상이자 우리의 삶이
기도 하다. 그러니 '우리 마음'은 우리 삶의 소금이자 설탕이
라고나 할까.

"우리 우리 설날은 오늘이래요." 설날 노래를 부를 때 우

리 마음은 설렌다. 설날은 한 살 더 먹기 위해 쇠는 날이다. 한 살 더한 의젓함에 '설'레는 날이고, 한 살 더한 나잇값에 '설'운 날이다. 세상 만물을 새롭게 소환하여 낯'설'게 하는 날이고, 다잡고 다시 세워 '설' 수 있게 하는 날이기도 하다. 그러니 "곱고 고운 댕기도 내가 들이고, 새로 사 온 신발도 내가 신"어야 하는 날이다. 식구들 한 살 더 먹게 하느라 한 살 더 늙으셨을 "아버지와 어머니 호사하시고, 우리들의 절받기 좋아하시"는 날이기도 하다.

설날에서 대보름날까지, 그믐달이 보름달로 꽉 차오르는 그 첫 보름 동안, 우리는 조금 길게 한 해의 '설'날을 준비한다. 해로 헤아리는 새해가 설날이라면, 달로 헤아리는 새달이 대보름날이다. 그러니 실은 새해 첫 아침부터 새달 첫 보름까지가 설날인 셈이다. 그러니까 설날의 끝인 대보름날에도 우리는 "상 들이고 잣 까고 호두 까면서, 언니하고 정답게 널을 뛰"면서 액을 물리치고 복을 부르는 오곡밥과 나물과 부럼을 먹고 달집과 불놀이를 했던 것이다. 다 우리의 마음을 '설'게 나누는 일이었다.

매일매일의 해와 달이 뜨지만 한 해 중 처음 뜨는 해와 달을 우리가 새해라고 부르고 설날이라 부르는 데는 우리라는 울타리에 함께 모여 서로의 마음을 '설'게 나누라는 뜻이 담겨 있을 것이다. 아침 일곱시에 문을 여는 우리 동네 우동집과 그 옆 테이크아웃 커피집 주인의 입꼬리도 올라갔으면 한다. 설날인데도 아침에야 집으로 돌아가는 강남역 근처의 젊은이들, 설날 아침부터 성묘객에게 꽃을 팔기 위해 거리를 뛰는 국립묘지 앞의 꽃장수들도 덜 지쳤으면 한다. "엄청난 고생 되어도/순하고 명랑하고 맘 좋고 인정이/있으므로 슬기롭게 사는 사람들이/그런 사람들이/이 세상에서 알파이고/고귀한 인류이고/영원한 광명이고/다름 아닌 시인"(김종삼, 「누군가 나에게 물었다」)인 한 해가 되었으면 한다.

우리 없이는 새날도 없고, 마음 없이는 소망도 없고, 설날 없이는 새해도 없다. 어려우면 어려운 대로, 힘들면 힘든 대로, 설날 노래처럼 '오늘'의 우리들 마음을 나누었으면 한다. 그런 소망을 '설'게 나누려는 우리들 마음이 있는 한 '우리 우리 설날'은 여전할 것이고, 그 마음이 '한 살 더'의 설을 쇠는 의미일 것이다.

에
세
이

칼칼한 방어탕을
먹는 날

괜찮아, 괜, 찮, 아, 괜⋯찮⋯아⋯⋯

1월에는 음력으로 세는 내 생일이 있고, 1월에는 양력으로 세는 내 첫아이의 생일이 있다. 내가 낳인 달이고 내가 낳은 달인 셈이다. 내 첫아이의 양력 생일에 내 음력 생일이 한날로 겹치는 어느 해도 있지 않을까? 상상만으로도 '낳이고 낳은' 그날은 특별할 것 같다. 태어난 달이 같고 성性이 같고 게다가 내 처음 아이라서인지, 첫아이에게서 나는 나를 보곤 했다. 첫아이는 결코 내가 아닌데 나인 듯 보곤 했으니 그게 독이 되기도 했을 것이다.

일곱 살을 좋아한다. 행운의 숫자여서만은 아니다. 인생 줄서기가 시작되기 바로 직전의 나이, 하루에도 열두 번 맘먹은 대로 꿈을 꾸는 나이, 전후좌우를 헤아리지 않아도 흠

이 되지 않는 나이, 제 나름의 판단과 말로 일곱 가지 이상
의 말대꾸를 할 수도 있는 나이, 그리고 비로소 슬픔의 싹이
자라나는 나이……

　'내 안에 너무 많은 나' 중에서도 유독 변하지 않고 한 목
소리만을 내는 내가 있으니 바로 '일곱 살 나'이다. 그런 일
곱 살을 대면할 때마다 대책 없이 애틋해지고, 하염없이 쓸
쓸해지고, 막막히 먹먹해지곤 했다. 그런 일곱 살의 내 첫아
이는 또 얼마나 사랑스럽고 얼마나 의젓했던가. 일곱 살의
나도 그러했을까?

　서른일곱이 되었을 때도 '일곱 살 첫아이'에게서 '일곱 살
나'를 보았다. 일곱 살 첫아이를 보면서 나는 일곱 살 나를
다시 사는 것만 같았다.

　　일곱살 딸애가 자면서 울고 있다
　　돌아누운 등이 풀썩풀썩 내려앉을 때마다
　　애처로운 고양이 한 마리 한껏 젖어
　　갓난아기 적 울음소리를 내고 있다

울지 마 아가 괜찮아 괜찮아

—「내 처음 아이」 부분

슬픔을 받아들인다는 말이 세상을 받아들인다는 말과 동의어이듯, 슬픔을 안다는 건 세상을 안다는 말과 동의어다. 일곱 살이란 그런 슬픔에 눈을 뜨는 나이다. 세상에 자기 설 자리를 찾기 시작하는 나이이고, 어렴풋이나마 세상을 살아내기 시작해야 하는 나이이기도 하다.

돌아보면, 나는 미숙하고 미성숙했던 엄마였다. 길이 안 보인다고 불안해할 때, 길을 잃었다고 우울해할 때, 길을 쫓아갈 수 없다고 강박에 시달릴 때, 그때마다 일곱 살 아이에게서 힘을 얻었던 것도 같다. 내 불안과 우울과 강박이 전염되기라도 했던 걸까? 아니면 유치원을 다니기 시작한 일곱 살 아이에게 제 몫의 불안과 우울과 강박이 자리잡는 징후였을까? 아이는 가끔 잠을 자다 나쁜 꿈을 꾸는지 자면서 흐느끼곤 했다. 그때마다 아이를 다독이며 건넸던 "아가 괜찮아 괜찮아" "괜찮아 아가 다 괜찮아"라는 말은, 실은 힘겨운 내가 힘겨워하는 일곱 살의 내게 건네는 다독임이기도 했다. 그때마다 메아리처럼 되돌아오는 "괜찮아 엄마 괜찮아"라는 일곱 살 첫아이의 말은 그런 내가 듣고 싶었던 최고의 어루만짐이었다.

그런 의미에서 세상 모든 일곱 살은 '내 처음 아이'의 나이이다. 내 안의 일곱 살의 나든, 내 밖의 일곱 살의 첫아이든, 모두 내 처음 아이다.

생각해보면, 시를 쓰기 시작하면서
스스로 제 몸 밖에 빗장을 걸어잠근
내 처음 아이
늘 늑골 속에서 울고 있다
사랑이 시작될 때도 그렇게 울었으리라
제 늑골에 비탈길을 내는 눈물에 의지해
제 늑골을 다독이는 손바닥으로 눈물을 훔치며
괜찮아 아가 다 괜찮아 언제나
짜디짠 서말 닷되의 진땀을 흘리며 울고 있다

—「내 처음 아이」 부분

그리고 중학생이 된 첫아이는 성난 파도처럼 내게 덮쳐 왔고 또 그만큼 멀리 내 밖에 저를 세워두려 했다. 친구와 컴퓨터와 음악으로. 파이거나 부러진 수십 개의 드럼 채로, 록 관련 앨범이나 서적들로 나와의 벽을 쌓곤 했다. 독한 말들이 날을 세우곤 했다. 자동차 안에서 핸들을 붙잡고 울던 어느 날, 말갛게, 첫아이가 다시 보였다. 그때 이 시가 왔다!

　　잠시 내게 맡겨진 동안
　　살짝 깃촉만

　　네가 떨어지지 않도록
　　손바닥을 펴 바닥이 되어
　　네가 날아가 버리지 않도록
　　안으로만 굽는 손가락을 울타리 삼아
　　네가 숨쉴 수 있도록

　　세상 첫병病을 통과하는 동안
　　깃털처럼

　　　　　　　　—「훅, 사랑이라니—딸에게」부분

차창에 뭉쳐 있던 겨울 햇살이 하얀 깃털처럼 보였다. 너무 세게 붙잡으면 부서지고 너무 느슨하게 잡으면 날아가버리는 것, 그게 아이야, 라는 속삭임을 들은 것도 같다. 아이가 바닥에 떨어지지 않도록 받아주고 숨쉴 수 있도록 열어주는 울타리 같은 두 손바닥(움켜쥔 주먹이 아니다!)이 되어주는 것, 아이가 비바람에 휘날리지 않도록 붙잡아주는 포옹과도 같은 두 손가락(열 손가락이 아니다!)이 되어주는 것, 그게 엄마로서의 네 몫이야, 라는 속엣말을 들었던 것도 같다. 그 깃털조차도 잠시 내게 맡겨졌을 뿐, 날개의 몫을 해내는 언젠가는 떠나보내야 하는, 세상 모든 사랑법이기도 하다는!

그 첫아이가 어언 서른이다. 어엿하고 여염한 어른이 되었다. 서른일곱의 내가 그랬듯, 절망과 불안과 우울과 강박에 시달리기도 할 것이다. 그때마다 일곱 살 그 첫아이가 내게 그러했듯 나도 이렇게 응원하고 싶다.

천천히 가도 괜찮아, 달라도 괜, 찮, 아, 조금 부족해도 괜…찮…아……

　툭툭 털고 일어나 뚜벅뚜벅 다시 나아갈 수 있어, 그렇게 가는 길이 새로운 길이야,

　그러니, 다 괜찮아!

에
세
이

백색 늑대가
침묵하는 날

2월이 오는 소리

풍경의 빛과 온도가 조금씩 순해지고 있다. 이제 곧 눈 녹고 얼음 금가고 비 되어, 바람 또한 새로 따를 것이다. 겨울잠을 자느라 옹송그렸던 토끼 다람쥐 개구리 파충류 등속도 꿈처럼 어안 벙벙히 깨어날 것이다. 강물이 풀리면 수달도 때를 놓칠세라 입을 오물거리기 시작하는 물고기들을 낚아채고, 순해진 바람에 떠밀리듯 기러기들은 더 북쪽으로 날아갈 것이다. 미나리 새순 돋고 풀과 나무에도 싹이 틀 것이다. 2월이 오면 말이다.

11월이 겨울 같은 가을이라면, 2월은 봄 같은 겨울이다. 입춘과 경칩에 양다리를 걸친 채 글썽이는 듯한 우수가 있는 달이 2월이고, 날들도 짧은데다 한갓진 것이 계절감도 존재감도 약한 달이 이 2월이다. 1월처럼 새삼스레 시작을 결심해야 하는 달도 아니고, 3월처럼 기운생동에 만화방창 해야 하는 달도 아니다. 8월처럼 장마를 대비하고 피서를 준비해야 하는 달도 물론 아니고, 10월처럼 열매를 탐하고 조락에 심금을 철렁여야 하는 달은 더더욱 아니다. 그러니까 2월은 아무것도 아님의 여유와 뭔가를 도모하지 않아도 되는 유예와, 그로 인한 여백과 고독을 즐길 수 있는 달이랄까.

이런 2월은 침묵의 둘레에 있는 달이다. 결여된 것이 아니라 아직 실현되지 않은 가능성의 달이고, 더 먼 것들을 응시하게 될 징조와 전조로 가득한 달이다. 가장자리에서부터 숭얼대기 시작하는 이 2월의 조용한 소란은 1월의 침묵으로부터 새어난다. 위대한 시간 속에는 언제나 1월의 침묵이 깃들어 있고, 세상 모든 사랑은 1월로부터 가장 멀리까지 나아가는 분출의 힘이다. 그러므로 시간의 원심력과 사랑의 구심력은 한겨울 1월에서 시작해 겨울 끝 2월로 이월 移越한다.

내일부터 2월이다. 침묵에서 깨어나고 동안거에서 풀려나는 2월이다. 이월하는 물소리를 떠올리는 두 귀의 꼬리가 한 눈금쯤 올라가는 2월이다.

눈 쌓인 고로쇠 가지에도 수액이 솟기 시작하는 2월이다.

시쓰기 딱 좋은 날

ⓒ 정끝별 2025

초판 1쇄 인쇄 2024년 12월 20일
초판 1쇄 발행 2025년 1월 1일

지은이 정끝별

책임편집 김동휘
편집 유성원 권현승
디자인 한혜진
저작권 박지영 형소진 최은진 오서영
마케팅 정민호 박치우 한민아 이민경 박진희 황승현
브랜딩 함유지 함근아 박민재 김희숙 이송이 김하연 이준희 박다솔 조다현 배진성
제작 강신은 김동욱 이순호
제작처 영신사

펴낸곳 (주)난다
펴낸이 김민정
출판등록 2016년 8월 25일 제406-2016-000108호
주소 10881 경기도 파주시 회동길 210
전자우편 nandatoogo@gmail.com **페이스북** @nandaisart **인스타그램** @nandaisart
문의전화 031-955-8875(편집) 031-955-2689(마케팅) 031-955-8855(팩스)

ISBN 979-11-94171-33-1 03810